Der politische Bezirk Bruck an der Leitha, als östlichster Bezirk Österreichs, bildete seit jeher einen Grenzbezirk zum Osten und lag daher auch immer in einer exponierten Randlage unseres Landes. Seit der Ostöffnung im Jahr 1989 begann sich dieser Zustand zu ändern, sodass der einstige Grenzbezirk zunehmend mehr in den Mittelpunkt einer neuen Zentralregion Europas, zwischen den beiden Großstädten Wien und Bratislava, rückte. Dieser Umstand wurde nicht zuletzt auch noch durch die bevorstehende EU-Osterweiterung geprägt.

Georg Hartl
Bürgermeister
2002

Gerade die unmittelbaren Grenzgemeinden, zu denen unsere Gemeinde Berg als Hauptbetroffener zählt, hatten durch die Neuordnung der Grenzen Europas und das Zusammenrücken der Menschen ein schweres Los zu tragen.

Die ersten Jahre waren von steigender Kriminalität und rasch zunehmendem Verkehrsaufkommen geprägt. In Berg befand sich der einzige internationale Grenzübergang zum Nachbarland Slowakei, was vor allem eine kaum erträgliche Belastung der Menschen durch den steigenden Schwerverkehr bedeutete und auch noch immer bedeutet.

Nur langsam konnten sich die Menschen auf diese Veränderungen einstellen. Schließlich begann aber ein Umdenkprozess, und es wurden nicht nur die Nachteile dieser geschichtsträchtigen Veränderungen bedauert, sondern zunehmend mehr wurden die Chancen erkannt, welche sich für die Grenzregion ergaben.

Gestützt von Land, Bund und der EU entstanden zahlreiche Projekte, die den wirtschaftlichen, touristischen und gesellschaftlichen Umbruch herbeiführen und der Region zu neuem Aufschwung verhelfen sollten.

Die Gemeindevertretung und die Bürger von Berg erkannten durch ihre Aufgeschlossenheit und Zukunftsorientierung jene Möglichkeiten, die sich durch die geographischen Nähe zur Großstadt Bratislava (Entfernung 2 km) ergaben und vermehrt in der Zukunft ergeben werden. Touristische Einrichtungen wie Aussichtsturm und Wanderwege wurden geschaffen. Wohnungen für junge Menschen wurden errichtet und gemeinsam mit allen Bürgern das Erscheinungsbild des Ortes neu gestaltet.

Die gegenwärtig unmittelbar bevorstehende Erweiterung der EU Grenzen in Richtung Osten wird es mit sich bringen, dass Berg künftig zum Naherholungsgebiet einer Großstadt zählen wird.
An uns, den Menschen dieser schönen Dorfgemeinschaft, wird es liegen, die sich in der Zukunft bietenden Chancen zu nützen und bei Erhaltung der Lebensqualität einen entsprechenden wirtschaftlichen Nutzen daraus zu ziehen, um in der Zukunft zu einer aufstrebenden Wohlstandsgemeinde zählen zu dürfen.

AULAND CARNUNTUM

BRUCK

DONAU-AUEN

LEITHAGEBIRGE

Kirsner & Peternell Ges.n.b.R.
Verlag für spezielle Publikationen
8502 Lannach, Kapellenweg 14

Satz und Gestaltung: Kirsner & Peternell
Reproduktionen und Bildbearbeitung: Markus Kirsner
Mitarbeit: G. u. M. Sedlak
Druck und Bindung: Theiss Ges.m.b.H., 9431 St. Stefan i. Lav.

ISBN: 3 - 9501182 - 2 - 5

Inhalt

„Sobald du dich auf den Weg machst,
öffnet der Horizont seine Grenzen“
Kyrilla Spieker

Vielfältig reizvolles „Dazwischen-Land“: AULAND CARNUNTUM - Tor in die Zukunft

Dr. Manfred Greisinger

Das Dazwischen kann höchst attraktiv sein: etwa der morgendämmrige Übergang von Nacht auf Tag, der malerische Regenbogen, Sonnenvorbote nach dem Gewitter, oder des Menschen höchst erogene Zone zwischen Kopf und Fuß...

Genau in diesem vielfältig-reizvollen **„Dazwischen-Land“**, inmitten der Millionen-Metropolen Wien und Bratislava, liegt Auland Carnuntum. Dieses junge, von der Europäischen Union anerkannte, Zukunftsland ist eine sogenannte **„Leader+ Region“**. Fürwahr: Mit der EU-Erweiterung kommt diesem Gebiet tatsächlich eine Führungsrolle zu - es rückt vom jahrzehntelang schwer benachteiligten Rand Europas ins Zentrum. Nach dem Fall des Eisernen Vorhangs und dem bevorstehenden Beitritt der mittel- und osteuropäischen Länder zur EU bieten sich hier enorme Entwicklungschancen.

Hier schlägt das Herz des neuen, geeinten Europas, in dem es keine Schubladen aus Ost, Mittel und West mehr gibt. Die Region ist Grenzland und europäischer Zentralraum zugleich. In ihrer jahrtausendealten Geschichte war dieser Landstrich nicht nur Schauplatz kriegerischer Auseinandersetzungen, sondern auch Schmelztiegel für viele Völker: Kelten, Römer, Awaren, Ungarn, Slawen, Bayern, Kroaten.

Die besondere kulturelle Vielfalt, das harmonische Nebeneinander von Altem, Gewachsenen und Neuem, Innovativen gilt demnach als Charakteristikum dieser Europaregion.

Befruchtende Gegensätze

Geschichtsträchtiges, **„altes Land“** und aufstrebendes **„Neu-Land“** im großen Europa - das macht Auland Carnuntum aus.

Was heute als „reizvolles Dazwischen“ gelten kann, war einst (nördliches) Zentrum des römischen Weltreichs: Carnuntum. Hier wurde Historie geschrieben. Kein Geschichtsbuch der Welt vergisst, Carnuntum als berühmteste aller Städte sowie Marc Aurel zu erwähnen. Nunmehr können Sie in Carnuntum den größten archäologischen Park der Welt besuchen. 2000 Jahre Pannonien sind wohl ein würdiger Anlass, um im Rahmen einer Landesausstellung gefeiert zu werden. Im Jahr 2009 soll Niederösterreich - und jeder willkommene Gast! - Besonderes, Unvergleichliches erleben: Erstmals wird die gesamte Region zum Ausstellungsgebiet, jede Gemeinde eine Attraktion für sich - und

gleichzeitig Teil eines großen Erlebnisses. Und: Erstmals sollen mehr als eine Million Menschen eine Landesausstellung besuchen ...
Apropos Park, Auland Carnuntum ist ein Land der Parks: Der großartige Nationalpark Donauauen, mehrere Schlossparks - z.B. der Harrachpark in Bruck/Leitha, ein Naturpark - und, ganz „Neu-Land“: Auland Carnuntum ist die größte österreichische Windpark-Region! Noch vor wenigen Jahren meinte man, es sei utopisch, in der Region so viel Energie nachhaltig herzustellen, als verbraucht wird. Heute steht man - als erste Region Österreichs - kurz davor!

Region der Zukunftschancen

Carnuntum als Welt-Wein-Region ist nicht Zukunft, sondern Gegenwart. Auland als Markenzeichen für edelste kulinarische Genüsse im Land der March-, Donau- und Leithaauen ist noch Geheimtipp - aber schon bald in aller Munde...

Doch Auland Carnuntum ist mehr: „Die Menschen - und die Entscheidungsträger - sehen die Chancen der EU-Erweiterung“, betont Ing. Hans Rupp, der Obmann der Leader+ Region Auland Carnuntum; „sie wissen, dass viel zu tun ist, damit diese Chancen Realität werden. Auland Carnuntum als Land mit höchster Lebensqualität für Bewohner und Gäste gleichermaßen: Das ist keine abstrakte Illusion, sondern konkrete Vision, an der in der größten **„Bürger-Initiative“**, die das Land je gesehen hat, konsequent gearbeitet wird.“

Foto: Auland-Touristik

Europolis - das Dazwischen wird wieder Zentrum

Die Region Auland Carnuntum habe enormes Potenzial, wird von verschiedensten Experten betont. Architekt Walter Hildebrand, im Schloss Petronell residierend, untermauert diese These mit seiner vom Club of Rome anerkannten Analyse: „Zwischen Mailand, Bratislava, Wien, Berlin und London wird sich eine „Industrie-Banane“ ausbilden; die Europahauptstadt kann damit nicht länger Brüssel sein, sondern Europolis muss zwischen Wien und Bratislava entstehen.“

Nach 2000 Jahren könnte das Dazwischen-Land damit wieder Mittelpunkt eines neuen Europa werden. Und die Europolis-Idee wird zum Leitstern, an dem sich die Region ausrichten kann. „Es geht nicht darum, ein Mickey-Mouse-Zentrum à la Paris um Hunderte Millionen Euro aus dem Boden zu stampfen“, so Hildebrand, „es müssen einfach alle möglichen Synergien geschichtlich-kulturell-landwirtschaftlich-praktisch genutzt werden.“

LEADER Regionalentwicklung für 16 Gemeinden

LEADER+ ist eine EU-Gemeinschaftsinitiative zur Entwicklung des ländlichen Raumes. Im Mittelpunkt stehen Aktivitäten zur Stärkung regionaler Entwicklungspotenziale. Mit innovativen Maßnahmen, Wertschöpfungsketten, vielfältigen, sektorübergreifenden Kooperationen und Vernetzungen soll eine eigenständige Regionalentwicklung gewährleistet werden.

16 Gemeinden zwischen Wien und Bratislava bilden die von der Europäischen Union anerkannte **„Leader+ Region“ AULAND CARNUNTUM**. Und wollen damit unmöglich-Scheinendes umsetzen. „Oft fühlen sich nicht mal Katastralgemeinden miteinander verbunden, wir wollen hingegen sogar Bezirksteile von Gänserndorf und Bruck vereinen“, gibt LEADER+Geschäftsführer Bernhard Fischer Einblick in das „Projekt Zukunft“: LEADER biete die einmalige Chance, Schrebergarten-Mentalität gegen Horizonterweiterung einzutauschen; über die Kirchtürme hinaus müsse sich Regionsbewusstsein entwickeln und die ländliche Wirtschaft gestärkt werden.

Land der Kontraste - einende Marke

Die Königswarte der Gemeinde Berg bietet den bestmöglichen Aus- und Überblick: 32.000 Bewohner leben in den 16 LEADER+Gemeinden des Aulands-Carnuntum; die Fläche ist in ihrer Form mit Wien vergleichbar und wird ebenso von der Donau durchzogen.
Wenn auch die Donau trennt, LEADER könnte eine gemeinsame, einende Marke etablieren: Auland Carnuntum zeichnet sich durch landschaftlich und kulturell reizvollste Kontraste aus:
Vom Arbesthaler Hügelland, dem waldreichen Leithagebirge und Hundsheimer Bergen zu endlosen Weiten des Donautals, die zum Radfahren einladen, umrahmt von Weingärten, so weit das Auge reicht. Dazwischen Windräder wie stolze Denkmäler für erneuerbare Energie.

Die Marchfeldschlösser Schlosshof und Niederweiden, der Nationalpark, die Donauschifffahrt, Ausgrabungen auf den Spuren der Römer, Wanderungen, der alte Handelsweg Bernsteinstraße und Ausklang bei Auland-Wirten mit regionalen Spezialitäten oder bei den Top-Heurigenbetrieben der Weinbauregion Carnuntum.

Impressionen aus Carnuntum *Foto: Auland-Touristik*

Regionalentwicklungsverein Bruck-Donauauen-Leithagebirge LEADER + Auland Carnuntum

Der gemeinnützige, nicht auf Gewinn gerichtete Verein (Sitz: Bruck/Leitha) will eine nachhaltige Entwicklung der Region unterstützen. Er wirkt bei Konzepten und Planungen mit, berät und informiert die Öffentlichkeit. Seine Tätigkeit wird sich vor allem auf folgende Bereiche erstrecken:
1) Zusammenarbeit in der regionalen und wirtschaftlichen Entwicklung
2) Raumplanung
3) Auf- und Ausbau der Infrastruktur für Kultur, Freizeit, Tourismus
4) Bildungsarbeit
5) Ausbau der Nutzung nachhaltiger Energiequellen
6) Vermarktung regionaler landwirtschaftlicher Produkte; Vernetzung
7) Umsetzung von Programmen der Europäischen Union, insbesondere von LEADER +

LEADER+ Schlüsselprojekte mit Strahlkraft

In vielen Arbeitssitzungen wurden innovative Schlüsselprojekte entwickelt, die integrierend wirken, weitere Impulse auslösen und vor allem das Sozialkapital in der Region erhöhen sollen. Entsprechend umsetzungsorientierte Potenzialstudien sollen erarbeitet werden. „Immaterielle

Faktoren sind entscheidende Voraussetzungen für etwaige materielle Erfolge", sind die LEADER Verantwortlichen Rupp und Fischer überzeugt. Eine Erhöhung der Wertschöpfung könne auch neue Arbeitsplätze schaffen (helfen).

1.) Energie / Umwelt:

Wert natürlicher Ressourcen - Verbesserung der Umwelt - Ziel: 100 % erneuerbare Energie

Derzeit beträgt der Anteil Erneuerbarer Energien in der Region Auland Carnuntum mit Biomasse, Kleinwasserkraft und Windenergie unter 10 Prozent. Bis Ende 2006 sollen es 70 Prozent, als Fernziel 100 Prozent sein.
Obwohl die Region reich bewaldet ist, wird Holz zur Wärmeerzeugung immer weniger verwendet. Fünf Biomasse-Fernheizwerke in der Region (Wolfsthal-Berg, Göttlesbrunn, Arbesthal Hof/Au, Bruck/Leitha) wirken diesem Trend zwar entgegen, können ihn bislang aber nicht umkehren.

Der Bezirk Bruck/Leitha weist österreichweit die besten Potenziale für die Nutzung der Windenergie auf. Mit der Installierung des Windparks Bruck und Prellenkirchen (12.000 kW Nennleistung) wird die regionale Stromproduktion forciert.

2.) Landwirtschaft / Kulturlandschaft/Natur:

Die Marke AULAND etablieren

In der LEADER-Region befindet sich der einzige Nationalpark in unmittelbarer Nähe zweier Großstädte (Wien und Bratislava). Die ökologischen Ziele des Nationalparks Donauauen sollen verstärkt in der gesamten Region umgesetzt werden.
16 bäuerliche Gesellschafter haben die **„Auland-Agrarhandelsgesellschaft mbH."** gegründet; die Vertriebsdienstleistung soll aber der ganzen Nationalpark-Region zur Verfügung stehen:

-) Etablierung der landwirtschaftlichen Marke AULAND - gehobenes Qualitätssegment
-) Angebotspalette ausweiten - Zusammenarbeit Landwirtschaft, Tourismus, Gewerbe und Handwerk
-) Diversifizierung der landwirtschaftlichen Produktion
-) Innovation und regionale, branchenübergreifende Kooperation zur Verbesserung der Marktzugänge
-) AULAND-Produkte für die Gastronomie
-) Aufbau eines leistungsfähigen Belieferungssystems
-) Touristisches Erlebnisprogramm rund um die Landwirtschaft
-) Einrichtung von speziellen Vertriebsstellen für Produkte und touristische Angebote in der Region, in Wien und Bratislava
-) Vernetzung des Auland-Angebotes mit anderen Nationalparks
-) gemeinsame Marketingaktionen

3.) Tourismus / Kultur:

Erlebnisraum Auland Carnuntum - Radregion - Begegnung der Kulturen - über alle Grenzen

Die Natur und das reiche kulturelle Erbe stellen die Basis für eine gesunde touristische Entwicklung dar. Auland Carnuntum ist keine touristische Intensivregion, hat jedoch eine Fülle von entwicklungsfähigen Highlights. Herausragende Angebote betreffen die Donauschiffahrt, die römischen Ausgrabungen

Nationalpark Donau-Auen: Erlebnis Flussauenlandschaft *Foto: Auland-Touristik*

(Archäologiepark Carnuntum, Schloss Petronell, die historische Stadt Hainburg, Bernsteinstraße), diverse Schlösser, Kur/Wellness in Bad Deutsch Altenburg und die jahrhundertealte Weinkultur (Spitzenweine, Weingalerien, Weinstraße, Römerweinschaugarten).
Als Schlüsselprojekt soll ein Entwicklungsprogramm für einen attraktiven Erlebnisraum Auland Carnuntum zwischen Wien-Bratislava-Neusiedlersee erstellt werden. Besucherinformationsstellen und Leitsysteme sollen geschaffen werden.
Eine Entwicklung zur begehrten Radregion hat auf Grund der natürlichen und kulturhistorischen Gegebenheiten gute Voraussetzungen. Bestehende Radwege sollen kleinräumig verbessert werden. Schon jetzt ist das Radwegenetz im Burgenland, vor allem um den Neusiedlersee, sowie der Donauradweg vielbefahren.

4.) Wirtschaft, Handel, Handwerk:

Regionales Programm zur Standortentwicklung - Imageförderung - Internet Regionsportal

Im Umfeld der Wirtschaftsriesen Wien und Bratislava besteht die konkrete Gefahr für die LEADER-Regions-Orte, als wirtschaftliche Standorte weiter an Attraktivität einzubüßen. Wesentlich ist die Erhöhung der regionalen Wertschöpfung und die Stärkung der Kaufkraft. Dafür sollen insbesondere die neuen Medien und Telematik-Initiativen genutzt werden. Ein „Regionsportal“, eine zentrale, virtuelle Anlaufstelle für die Region Auland Carnuntum im Internet, soll geschaffen werden. Als Voraussetzung gilt jedoch eine Image-Offensive für die Region Auland Carnuntum, verbunden mit einer Regions-Marketing-Strategie zur Sicherung der Standortqualität.

Projektziele:
-) die Orte in ihrer Nahversorgungsfunktion stärken
-) überörtliche Zentren mit Regionalversorgung und nachhaltiger Beschäftigung schaffen
-) Handel, Handwerk und Dienstleistung strategisch absichern
-) attraktive Angebote entwickeln und kommunizieren
-) Qualifizierungs-Verbünde errichten
-) regionsweiter Veranstaltungs-, Heurigen und Servicekalender im Internet

5.) Regionale Identität:

PRO NAH - regionale Bewusstseinsbildung

Auland Carnuntum ist eine neue LEADER-Region. Bei vielen Menschen ist das Bewusstsein für die gemeinsame Region noch kaum vorhanden. Misstrauen und Frustration jener, die nicht mehr oder nur schwer an die Zukunft glauben, sollen mit Geduld und Kompetenz abgebaut und in Bereitschaft für neues Engagement gewandelt werden. Erst die intensive Information, Aktivierung und Einbindung möglichst vieler Menschen und der Aufbau eines regionalen Netzwerks lokaler Akteure sichern Stabilität und Nachhaltigkeit der Regional-Entwicklung. Es muss konsequent in das Bewusstsein der Bevölkerung investiert werden, dass es Zusammenhänge gibt zwischen lebenden Ortsstrukturen und der eigenen Lebensqualität. „Ich gebe der Nähe den Vorrang - und sichere mit meinem Einkauf, meinem Engagement nicht nur Strukturen, sondern auch meine eigene Lebensqualität."

In einer regionalen Aktivierungs-Kampagne werden Leitbilder nicht nur „erstellt", sondern in gewachsenen Teams entwickelt. Alle Gemeinden sollen spüren, am neuen Aufbruch in der Region beteiligt zu sein.

Die Zukunftsregion Österreichs

„Auland Carnuntum ist eine erwachende, spannende Region, wo man beginnt, zueinander zu finden und wo damit vieles möglich wird. Es könnte DIE Zukunftsregion Österreichs schlechthin werden."
Herbert Stava, Energiepark Bruck/Leitha

Aufbruch und Chancen

„Wir im Auland Carnuntum sind in der glücklichen Lage, keine Krisen bewältigen zu müssen, sondern den Aufbruch zum Thema zu machen. Eben noch an der toten Grenze haben wir die enormen Chancen inmitten Europas noch gar nicht realisiert. Wir müssen deshalb in die Menschen investieren, damit sie das wahre Potenzial nutzen - nicht als Einzelkämpfer, sondern miteinander vernetzt."
Ing. Hans Rupp, LEADER+Obmann Auland Carnuntum

Jahreshauptversammlung am 8. Mai 2002 in Berg

Beherztes Miteinander

„Dass Auland Carnuntum ein Gebiet mit enormen Zukunftschancen ist, davon bin ich felsenfest überzeugt. Es ist ein lebenswertes Gebiet mit gewisser Gemütlichkeit - trotz aller Hektik. Die 16 LEADER+Gemeinden wollen miteinander die regionale Einheit stärken. UNSERE Region, der beherzte WIR-Bezug, muss einen Stellenwert kriegen; dann werden auch neue Arbeitsplätze vor Ort entstehen und die hohen Pendleranteile reduziert werden können. Wir brauchen optimistische Vorgaben - Motschgera bringen uns nicht weiter!"

Franz Perger, Bürgermeister Bruck an der Leitha, Obm-Stv. LEADER+

4 Kleinregionen werden 1

„Mit der Gründung von LEADER+ ist ein zukunftsträchtiger Startschuss erfolgt. Der größte Stolperstein ist, dass aus den vier Kleinregionen Mannersdorf, Bruck und Hainburg sowie den Gemeinden jenseits der Donau EINE Region wird; räumlich wie im persönlichen Gedankengut. Immer mehr Menschen erkennen die Chancen und Synergien, die sich aus der Ostöffnung ergeben. Wir haben die Großstadt Bratislava vor der Tür; meine Großmutter erzählte, sie ging zum Markt nach Pressburg. - Wenn wir als Region denken lernen, gehört uns die Zukunft."

Georg Hartl, Bürgermeister Berg, Obm-Stv. LEADER+

Vor den Toren Wiens an Donau und March liegen die ehemaligen kaiserlichen Jagdgebiete der Habsburger mit prachtvollen barocken Schlössern, mittelalterlichen Städtchen und die in Europa einzigartige Naturlandschaft des Nationalpark Donau-Auen.

So vielfältig die Landschaft, so wechselhaft ihre Geschichte - davon legen römische Ausgrabungen, mittelalterliche Befestigungsanlagen und prunkvolle Barockschlösser reiches Zeugnis ab. Erholungssuchende finden hier stille Auen und unberührte Natur genauso wie lebensfrohe Dörfer mit idyllischen Kellergassen.

Ein **vielfältiges touristisches Angebot** hält das Auland für seine großen und kleinen Gäste bereit: Römische Geschichte kann man hautnah bei lebendigen Führungen und spektakulären Festen erleben: Die größte archäologische Landschaft Österreichs, der **Archäologische Park Carnuntum**, lädt zu einer spannenden Zeitreise ein und gewährt faszinierende Einblicke in das Leben und Treiben der Römer.

Ein vielfältiges Besucherprogramm bietet die „grüne Wildnis am großen Strom“: Geführte Erlebniswanderungen, unvergessliche Bootsexkursionen und Kutschenfahrten durch den 1996 gegründeten **Nationalpark Donau-Auen** begeistern Jung und Alt.
Auch die romantischen **Leithaauen** mit dem Naturschutzgebiet „Pischelsdorfer Wiesen“ und dem Naturpark „Mannersdorfer Wüste“ sind ein idealer Ausflugs- und Urlaubsort und laden zum Wandern, Radfahren und Verweilen ein.
Wilde Tiere begeistern nicht nur Kinder im **Safaripark Gänserndorf**, der das Prinzip des herkömmlichen Tiergartens umkehrt: Mehr als 700 Wildtiere wie Löwen, Tiger, Giraffen und Elefanten leben auf 68 Hektar in Freigehegen, und die Besucher fahren per Auto oder Bus durch die Gehege.
Prunkvolle, zierliche, mächtige und romantische **Schlösser** dienten dem österreichischen Hochadel einst als Sommerresidenzen und zeugen von der wechselvollen Geschichte und dem Ruhm vergangener Tage. Von Maria Theresia und Prinz Eugen, über Joseph Haydn, dessen Geburtshaus man noch heute in Rohrau besichtigen kann, bis zu Kaiser Karl I. und Zita: Prominente Persönlichkeiten aus allen Epochen begegnen Ihnen auf Schritt und Tritt und machen vergangene Geschichte lebendig!
Die prunkvollen Marchfelder Schlösser **SchloßHof** und **Niederweiden** gelten zu Recht als Juwele österreichischer Geschichte und bilden den eindrucksvollen Rahmen für vielbeachtete Ausstellungen, Festivitäten und Veranstaltungen. In **Schloss Eckartsau**, dem letzten Domizil von Kaiser Karl I. und Zita vor ihrer Abreise ins Exil erleben die Besucher die unvergleichliche Atmosphäre der Kaiserwohnung bei einer lebendigen Führung durch das Schloss. Rundum lädt der Kaiserweg zu einem erholsamen Spaziergang ein. Das Harrach'sche **Schloss Rohrau** mit seiner weltbekannten Sammlung alter Meister und das Geburtshaus der Brüder **Joseph und Michael Haydn** in Rohrau sind weitere kulturelle Highlights.

Immer ein Erlebnis: Geführte Auland-Touren

Europas größte Baumhorst-Kolonie der Weißstörche in Marchegg

Safaripark Gänserndorf: Wilde Tiere hautnah erleben

Faszinierende Eisenbahn-Nostalgie im **Eisenbahnmuseum Strasshof** lassen die Herzen von Jung und Alt höher schlagen. Hautnah erlebt man im „Museum zum Angreifen" die stählernen Riesen aus nächster Nähe.

Für Familien mit Kindern bieten sich die geführten **Auland-Touren** an: Ob „Flughafen der Störche" in Marchegg, „Geschichten aus längst vergangen Tagen" in Bruck/Leitha oder „Die Mittelalterstadt Hainburg": Das Auland hält für jeden Geschmack die passende Tour bereit!

Hier versteht man es auch, Feste zu feiern und Sie sind herzlich dazu eingeladen: Erleben Sie ein Megaspektakel beim **Carnuntiner Römerfest**, spüren Sie die mittelalterliche Atmosphäre beim **Historischen Stadtmarkt in Hainburg** oder feiern Sie mit beim alljährlichen **Storchenfest** im Marchegg.

Dampfspektakel im Eisenbahnmuseum Strasshof

Wer Gesundheit, Fitness und Entspannung sucht, ist in **Bad Deutsch Altenburg** bestens aufgehoben. Mit ihren heilenden Kräften bildet die hauseigene Quelle mit der höchsten Jod-Schwefel-Konzentration Österreichs die ideale Basis für bleibende Kurerfolge.

Auch die **Radler** kommen im Auland nicht zu kurz: Der gut beschilderte Donau-Radwanderweg, der Marc-Aurel-Radwanderweg oder der Römer-Radwanderweg führen - vorbei an prächtigen Weingärten, romantischen Wiesen und Feldern -

Gepflegte Gastlichkeit im Auland

zu den schönsten Orten der Region: Genussradeln im wahrsten Sinne des Wortes!

Mannigfaltig sind auch die **Wandermöglichkeiten**: Von der neu erbauten Königswarte in Berg reicht an klaren Tagen die Sicht vom Schneeberg und Hochwechsel über die Voralpen bis hin zum Neusiedlersee, ins Donautal, nach Bratislava und Ungarn. Kein öder Landstrich, sondern ein idyllisches Plätzchen am Fuße des Leithagebirges - erwartet Sie im reizvollen Naturpark „ Mannersdorfer Wüste".

Diese und unzählige weitere, leicht zu bewältigende Routen warten darauf, auf Schusters Rappen entdeckt zu werden: Wer gerne gemütlich wandert, der ist im Auland richtig!

Kulinarische Köstlichkeiten und regionale Spezialitäten wie Spargel und Wild, Fischspezialitäten aus der Donau oder das österreichweit bekannte, knackige Marchfeldgemüse lassen die Herzen der Gourmets höher schlagen. Vom guten Dorfgasthaus bis zum exklusiven Feinschmeckertreff werden die frischen Produkte aus dem Auland liebevoll zu wahrhaft köstlichen Schmankerl zubereitet.

Hervorragende Qualitätsweine der preisgekrönten **Weinbauregion Carnuntum** folgen einer langen Tradition: Schon die Kelten haben in der fruchtbaren Hügellandschaft östlich von Wien Weinbau gepflegt. Den Liebhabern edler Tropfen wird rund um den Wein auch allerhand geboten: Weingartenführungen und Spaziergänge am Weinlehrpfad, Weinseminare und der Erwerb eines „Weinkenner-Diploms" sind nur Auszüge aus dem facettenreichen Angebot der kreativen Winzer.

Faszinierendes Naturerlebnis Leithaauen

Auland-Kindertour „Willkommen im Märchenland des Donauweibchens"

Ein breit gefächertes **Theater- und Konzertangebot**, wie z.B. das über die Grenzen hinaus bekannte „Art-Carnuntum-Welttheater-Festival" im römischen Amphitheater in Petronell, das Open-Air Musicalfestival in Bruck an der Leitha oder die Kammermusiktage in Schloss Eckartsau runden das vielfältige Angebot ab und bereichern das kulturelle Leben in der Region.

Tauchen Sie ein in Natur und Kultur entlang der Donau, und lassen Sie sich verzaubern von Geschichte und Geschichten dieser faszinierend mystischen und naturbelassenen Landschaft!

Fotos: Auland-Touristik

Gratis-Broschüren:
Auland-Ausflugsführer mit Besucherangebot, Sehenswürdigkeiten und Ausflugszielen
Angebote für Schulen & Kindergärten, Projektwochen/tage im Auland
Spezielle Gruppenangebote von Wien bis Bratislava

Broschürenanforderung, Information & Buchung:
AULAND-Touristik
Hauptstraße 296
2404 Petronell

Tel. 02163/3556-11, Fax DW 12
e-mail: info@auland.at, www.auland.at

ENERGIE PARK BRUCK AN DER LEITHA

Verein zur Förderung Erneuerbarer Energien

Die Region Bruck an der Leitha bietet durch ihr reichhaltiges Angebot an Sonne, Wind, Biomasse und Wasser die besten Voraussetzungen zur Nutzung aller erneuerbaren Energieformen.
Der Verein Energiepark hat sich deshalb das Ziel gesetzt, alle Formen erneuerbarer Energie in die Praxis umzusetzen und allen interessierten Personen zugänglich zu machen.
Mit dem Beitritt der Stadtgemeinde Bruck an der Leitha zum Klimabündnis im Jahr 1995 verpflichtete sich die Stadt, die CO_2-Emissionen bis 2010 um 50% zu reduzieren.
Da die Stadt Bruck unter Mithilfe des Energieparkes dieses Ziel bereits erreicht hat, sind alle in Planung befindlichen Projekte bereits auf ein neues längerfristiges Ziel ausgerichtet:

Bruck an der Leitha möchte die erste österreichische „100%-Gemeinde" werden
d.h. Bruck will eine Reduktion der fossilen CO_2 - Emissionen um 100% erreichen!!!

Der Energiepark Bruck/Leitha begleitet eine Schulpartnerschaft zwischen der Volkschule Hauptplatz Bruck/Leitha und der Escola Poani in Alto Tiquè in Brasilien. Diese Schulpartnerschaft entstand im Rahmen des Klimabündnisses, dem auch die Stadt Bruck beigetreten ist. Die Kinder beider Schulen schicken sich gegenseitig Bastelarbeiten, Zeichnungen und Geschichten über das Leben in Österreich bzw. am Alto Rio Negro.

Gemeinsam mit dem Energiepark Bruck/Leitha bauten die Schüler der Polytechnischen Schule Bruck/Leitha Solaranlagen zur Warmwasseraufbereitung.

Für seine Tätigkeiten erhielt der Energiepark Bruck/Leitha im Jahr 2001 den österreichischen Euro-Solarpreis

Der Energiepark beschäftigt sich mit Projekten im Bereich Erneuerbare Energien, Klimaschutz, Umweltschutz und Regionalentwicklung. Besonders hervorzuheben ist das Projekt 100% Erneuerbare Energien in der Leader Region Auland Carnuntum. Der Energiepark ist Innovationszentrum und Entwicklungsmotor, der bereits folgende Firmen hervorgebracht hat: Biomasse Fernwärme Bruck/L., Windpark Bruck/L., Biogas Bruck/L.

Am Umwelttag bemalten Brucker Schüler gemeinsam mit Landesrat Sobotka, Bürgermeister Perger und dem Energiepark die Fernwärme Bruck/Leitha.

BIOMASSE FERNWÄRME

BRUCK AN DER LEITHA

Saubere Wärme für die Stadt Bruck an der Leitha

Das Biomasse Fernheizwerk Bruck an der Leitha wurde von Bio-Landwirten aus der Region in Kooperation mit EVN AG errichtet und ist seit Oktober 1999 in Betrieb. Die Landwirte betreiben das Heizwerk, die EVN AG übernimmt die Kundenbetreuung.
Mit dem Einsatz von Biomasse zur Wärmeerzeugung kann der CO_2 - Ausstoß sowie der Schadstoffausstoß beim Hausbrand bedeutend verringert werden.
Das Biomasse - Fernheizwerk trägt somit einen wesentlichen Teil zur Erreichung des Klimabündniszieles bei.
Versorgt werden neben privaten Haushalten vor allem zentrale öffentliche Gebäude, das sind neben gemeindeeigenen Gebäuden (Gemeindeamt, Schulen,...) auch die Bezirkshauptmannschaft und die Bundesschulen. Ein Grundsatzbeschluss der Stadtgemeinde Bruck/Leitha stellt sicher, daß auch zukünftig alle öffentlichen Gebäude sowie neue Siedlungsgebiete an der Fernwärme-Trasse, an die Biomasse-Fernwärme angeschlossen werden.
Im Rahmen der Eröffnungsveranstaltung fand ein Malwettbewerb für Kinder statt. Die prämierten Bilder verschönern seitdem die Außenwände des Biomasse Fernheizwerkes.

Mit Fernwärmeanlage wird ein Drittel aller Brucker Haushalte mit sauberer Wärme versorgt

Investitionsvolumen:
€ 5,0 Mio.

Heizzentrale:
Biomassekessel 1: 4.500 kW
Biomassekessel 2: 1.500 kW
Gaskessel: 4.000 kW (Ausfallreserve)

Leitungsnetz:
Trassenlänge im Endausbau: ca 7 km

Brennstoff:
Waldhackgut und Strauchschnitt aus der Region sowie Rinde und Sägenebenprodukte
Brennstofflager: 5.000 m³
Biomasseeinsatz Endausbau: ca 6.000 to

Kunden:
rund 800 Haushalte (das entspricht 1/3 des Wärmebedarfes aller Brucker Haushalte)

Der Hackschnitzelberg wurde bei der Eröffnungsfeier der Fernwärme zum großen Kinderspielplatz

WIND PARK BRUCK AN DER LEITHA

Windenergie und aktiver Umweltschutz

Investitionsvolumen:
€ 8,35 Mio.

Projekt:
5 Anlagen Enercon E66 / 18.70
Turmhöhe: 65 m
Rotordurchmesser: 70 m
Gesamtleistung: 9.000 kW

Jahresstromproduktion:
ca. 15.500.000 kWh (das entspricht dem Stromverbrauch aller Brucker Haushalte)

Die Betreiber testen bei der Abseilübung von der Aussichtsplattform die Sicherheitseinrichtungen.

Wünschen Sie eine Windpark Führung mit Besuch der in Österreich einzigartigen Aussichtsplattform?
Kontaktieren Sie bitte unser Büro!

Tel.Nr. 02162/68100-16 oder
windpark@energiepark-bruck.at

Bereits im Jahr 2000 wurde dann der Windpark Bruck an der Leitha mit 5 Anlagen der Type Enercon E66 umgesetzt.
Der Windpark ist ein Bürgerbeteiligungsprojekt mit über 200 beteiligten Personen. Die Basis bildete eine zweijährige Windmessung (1995 bis 1997) welche ein Windpotential vergleichbar mit Standorten in Küstennähe ergab.
Eine Windkraftanlage besitzt eine Aussichtsplattform in 60m Höhe, welche auch während des Betriebes der Anlage über eine Wendeltreppe erstiegen werden kann. Mit dieser Plattform, die erste dieser Art in Österreich, weist der Windpark Bruck an der Leitha eine einzigartige Touristenattraktion auf.

Mit diesem Windpark werden alle Brucker Haushalte mit sauberem Strom versorgt. *Foto: Himmel*

Nachhaltigkeit durch Biogasnutzung

Investitionsvolumen:
€ 5,0 Mio.

Energieproduktion:
ca. 10.000.000 kWh Strom (das entspricht ¾ des Stromverbrauches aller Brucker Haushalte)

ca. 12.000.000 kWh Wärme (das entspricht ¼ des Wärmebedarfes aller Brucker Haushalte)

Jahresdurchsatz:
rund 30.000 to

Der Einsatz von nachwachsenden Rohstoffen, wie hier z.B. Sudangras stellt für die Landwirte ein zusätzliches Standbein dar: „Vom Landwirt zum Energiewirt“.

Beim Einsatz von nachwachsenden Rohstoffen (Sudangras, Mais, ect.) wird die von den Pflanzen gespeicherte Sonnenenergie zur Strom- und Wärmeerzeugung genutzt. Die in der Pflanze enthaltenen Nährstoffe werden wieder zur Düngung verwendet. Die Nährstoffe fallen in einer für die Pflanze optimalen Konzentration und Verträglichkeit an.

Durch Vergärung unter Luftabschluss wird in der Biogasanlage Biogas erzeugt, ein Gemisch aus 60-70 % Methan, 30-40 % Kohlendioxid und Spuren anderer Gase.

Biogasanlagen leisten einen Beitrag zur nachhaltigen Energieversorgung und tragen durch die energetische Nutzung von nachwachsenden Rohstoffen bzw. organischen Reststoffen zur Verminderung des Ausstoßes an treibhauswirksamen Methan bei.

Mit dem Blockheizkraftwerk wird Biogas in Strom und Wärme umgewandelt.

DAS WEINBAUGEBIET CARNUNTUM

wo sich Kultur, Sonne und Wein vereinen

WEINBAUGEBIET CARNUNTUM

Lange Tradition prägt das **WEINBAUGEBIET CARNUNTUM**. Seit den Kelten wird in dieser fruchtbaren Landschaft Weinbau betrieben. Die erste Hochblüte erlebte dieses Gebiet unter den Römern. Dies wird durch die große Anzahl von interessanten Ausgrabungen belegt. Daher wurde auch das Heidentor als Symbol für dieses Gebiet gewählt.

Unter Carnuntum versteht man heute das Gebiet östlich von Wien - südlich der Donau. Auf drei Hügellandschaften wird der Weinbau gepflegt: dem Leithagebirge, dem Arbesthaler Hügelland und den Hainburger Bergen. In seinem pannonischen Klima gedeihen üppige, kraftvolle Weine. Landschaftlich besonders eindrucksvoll präsentiert sich der Weinbau vor allem in den Gegenden rund um Göttlesbrunn, Arbesthal und Höflein sowie Prellenkirchen und Berg.
Carnuntum gilt als einer der Aufsteiger unter den Weinbaugebieten Österreichs, nicht nur wegen seiner jungen Generation von Spitzenwinzern, sondern auch wegen seines reichen Angebotes an Ausflugszielen mit reizvollem antiken Charakter: Die Römerweinstraße und der Archäologiepark erinnern an die römischen Wurzeln des Weinbaugebietes Carnuntum.
Starke Ertragsreduktion und moderne Kellertechnik haben zu großen Erfolgen geführt, was unzählige Prämierungen und viele weitere Erfolge unterstreichen.

Die Weißweine des Weinbaugebietes Carnuntum zeichnen sich durch Frische und elegante Fruchtigkeit aus. Am besten kommen diese Vorzüge in einem Jungwein zur Geltung. Daher

keltern seit 1988 rund 50 Winzer aus Carnuntum gemeinsam einen Primeur, den **PRIMUS CARNUNTUM**. „Der Erste“ zu sein ist für die Winzer keine Frage des Lesetermins, sondern der Reife. Der Primus Carnuntum ist ein Kabinettwein, mehrheitlich aus Grüner Veltliner gekeltert, aber auch mit anderen Rebsorten cuvéetiert. Durch die entsprechende Reife bewahrt er seine hohe Qualität über den nächsten Jahrgang hinaus.

Seit 1995 vinifiziert man auch einen Primus Carnuntum Rotwein. Dieser Primeurwein Cuvée vermittelt die jugendliche, feine Fruchtaromatik des Jahrgangs. Die strenge Mengenkontrolle und der hohe Qualitätsstandard der Vinifizierung garantieren, dass der Primus Carnuntum ein herzhaft frischer Jungwein ist, der entsprechende Reife mit jugendlicher Leichtigkeit verbindet.

Die junge Winzergeneration hat das große Potential der Rotweine dieses Gebietes neu entdeckt. Während das Mikroklima im Raum Leithagebirge und Arbesthaler Hügelland die Sorte Zweigelt begünstigt, hat der Blaufränkische rund um die Hainburger Berge lange Tradition.

Verein Carnuntum

Foto: Helmreich

Der **RUBIN CARUNTUM** ist ein Cuvée, der durch eine der beiden Leitsorten geprägt ist. In ihm sind die Stärken des Weinbaugebietes vereint. Die gebietstypischen Merkmale sind ein zartfruchtiges Bukett und samtige Tannine. Der Rubin Carnuntum ist ein gehaltvoller Rotwein. Die strenge interne Mengen- und Qualitätskontrolle garantiert auch hier dass nur die besten Rotweine des jeweiligen Jahrgangs den Namen Rubin Carnuntum tragen.

Der **VEREIN CARNUNTUM** repräsentiert 49 führende Weingüter der Region. Er steht für eine kompromisslose strenge interne Mengen- und Qualitätskontrolle, die zusammen mit intensivsten Schulungen und Verkostungen das volle Potential der Leitsorten Zweigelt und Blaufränkisch zur Geltung bringt.

Weinstraße Niederösterreich

Foto: Archiv der ARGE Weinstraße Niederösterreich / Kurt Michael Westermann

Römerweinstraße Carnuntum

Die Römerweinstraße Carnuntum führt durch 13 Gemeinden des Weibaugebietes Carnuntum. Die Mitgliedsbetriebe sind an ihrem gemeinsamen Logo, dem Weinglas und der Weintraube, zu erkennen. Da diese Betriebe hohe Kriterien erfüllen müssen, darf der Gast hohe Qualität beim Weinangebot erwarten.

Weinkeller in Prellenkirchen

Foto: Archiv der ARGE Weinstraße Niederösterreich / Kurt Michael Westermann

Weinkeller in Höflein

Foto: Archiv der ARGE Weinstraße Niederösterreich / Kurt Michael Westermann

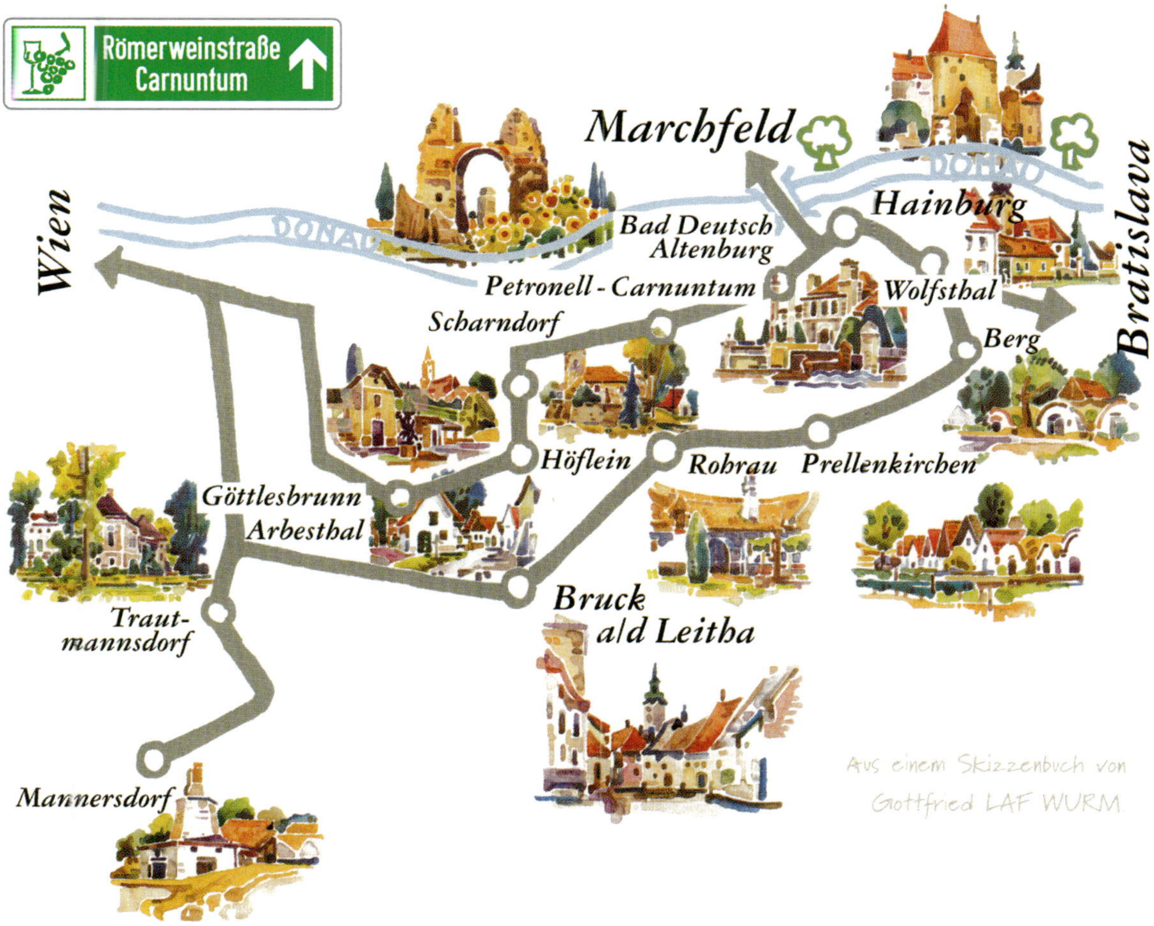

DER ARCHÄOLOGISCHE PARK CARNUNTUM

Franz Humer, Haslau a.d.Donau

Das Gebiet des heutigen Österreich war vor rund 2000 Jahren ein Teil des römischen Weltreiches. Als die Römer in den letzten beiden Jahrzehnten des 1. Jahrhunderts v. Chr. in das Gebiet östlich des Wienerwaldes kamen, siedelten hier Illyrer und Kelten. Zu dieser Zeit wurde unser Land mit Ausnahme der Gebiete nördlich der Donau (Mühl-, Wald- und Weinviertel) von Rom unterworfen. Somit stand für rund ein halbes Jahrtausend das heutige Österreich unter dem Einfluss der römischen Kultur.

Carnuntum nahm schon damals eine wichtige Position ein und wird bereits für das Jahr 6 n. Chr. als keltische Stadt erwähnt. Die genaue Lage dieses ältesten Carnuntum lässt sich zwar noch nicht eindeutig bestimmen, die neueren Ausgrabungen auf dem Braunsberg in Hainburg, dem Thebener Kogel bei Devin (SK) sowie umfangreiche keltische Münzfunde im Stadtgebiet von Bratislava legen aber eine Lokalisierung des keltischen Carnuntum in diesem Bereich nördlich der Donau nahe.
Erst nach einer grundsätzlichen Änderung der römischen Aussenpolitik ergab sich für Rom die Notwendigkeit, die Donau als Grenze *(limes)* zu befestigen. Die keltische Siedlung wurde aufgegeben und unter Kaiser Claudius (41-54 n. Chr.) wurde Carnuntum als festes Militärlager errichtet. Die Gründe für die Errichtung der Römerstadt Carnuntum waren einerseits militärischer Natur: Von dem am Südufer der Donau hoch auf dem Altenburger Plateau angelegten Legionslager konnte das nördlich des Stromes liegende Marchfeld hervorragend überwacht werden. Damit spielte Carnuntum eine herausragende Rolle in der Sicherung der befestigten römischen Grenze. Daneben war die Stadt auch Kreuzungspunkt zweier alter europäischer Haupthandelswege: der Donau von West nach Ost und der Bernsteinstrasse von der Ostsee nach Italien.
Seit der Mitte des 1. Jahrhunderts n. Chr. entwickelte sich Carnuntum so zu einer der wichtigsten römischen Städte nördlich der Alpen: Erhebung zur Provinzhauptstadt von Oberpannonien *(Pannonia Superior)* unter Kaiser Traian (98-117 n. Chr.) im Jahre 106 n. Chr. und Stadtrechtsverleihung unter Kaiser Hadrian (117-138 n. Chr.); auf Inschriften der Zivilstadt erschien seit damals die Bezeichnung *Municipium Aelium Karnuntum.* Kaiser Marc Aurel (161-180 n. Chr.) schlug im Krieg gegen die Markomannen in Carnuntum sein Hauptquartier auf; hier schrieb er das zweite Kapitel seiner berühmten philosophischen „Selbstbetrachtungen“. Der vom Heer am 9. April 193 n. Chr. zum neuen Kaiser ausgerufene Statthalter von Oberpannonien, Septimius Severus (193-211 n. Chr.), erhob Carnuntum schließlich zur *Colonia Septimia Aurelia Antoniniana Karnuntum.* Das 3. Jahrhundert war für Carnuntum eine Zeit besonderer wirtschaftlicher Prosperität und privaten Wohlstandes. Durch die kriegerischen Wirren des 4. Jahrhunderts setzte dann aber der allgemeine politische und wirtschaftliche Niedergang ein. Ab 400 n. Chr. begann der schrittweise Abzug der Römer aus Carnuntum. Die Stadt wurde also nicht gewaltsam zerstört, sondern von ihren Bewohnern am Ende der Antike verlassen. Im Gegensatz zu vielen anderen Städten des Donaulimes (Regensburg, Passau, Linz, Wien, Budapest) wurden die Bauwerke Carnuntums im Mittelalter und der Neuzeit nicht durch neue Bauten überlagert, sondern verwandelten sich vielmehr in einen riesigen Steinbruch, der nach und nach abgetragen und für andere Bauten verwendet wurde. Die römischen Steine von Carnuntum sind an vielen Bauwerken der Region zu finden, so an romanischen Sakralbauten in Petronell, Bad Deutsch-Altenburg, Hainburg und Wildungsmauer; an mittelalterlichen Stadtmauern in Hainburg und Bruck a. d. Leitha; an Schlössern nördlich und südlich der Donau etc.
Seit der Mitte des 19. Jahrhunderts fanden in Carnuntum mit Unterbrechungen immer wieder Aus-

grabungen statt. Ein großer Teil der aufgedeckten Flächen wurde aber wieder zugeschüttet und ist heute bestenfalls noch als Geländedenkmal zu erkennen. Daneben haben moderne Prospektionsmethoden (Georadar, Luftbildarchäologie) wertvolle Informationen über die Ausdehnung der antiken Stadt erbracht.

Fortführung der archäologischen Ausgrabungen in der Zivilstadt 2002 (Freilichtmuseum Petronell-Carnuntum)

Foto: F. Humer (Haslau/D.)

Heute ist Carnuntum Österreichs größte archäologische Landschaft. Seit langem war klar, dass diese einzigartige Landschaft nur 40 km östlich von Wien mit ihrer Kombination von unberührter Natur (Nationalpark Donau-Auen), Kultur (keltische und römische Ausgrabungen, mittelalterliche Stadtbefestigungen, barocke Schlossanlagen; Musik etc.) und exquisiter Weinkultur erhalten und genutzt werden muss.
Daher wurde vom Land Niederösterreich seit 1988 in mehreren Etappen der Archäologische Park Carnuntum errichtet. Als operative Organisation zur Durchführung einer effizienten Vermarktung wurde mittlerweile die Archäologischer Park Carnuntum-Betriebsges.m.b.H. erfolgreich etabliert. Projektziel ist eine nachhaltige Attraktivitätssteigerung durch eine konsequente und wissenschaftlich fundierte Produktentwicklung. Daher muß das archäologische Erbe im Interesse der Allgemeinheit wirtschaftlich stärker genutzt werden: durch Ausgrabungen, Restaurierungen und Rekonstruktionen, welche den Besuchern einen Zugang zur Antike vermitteln können; durch verstärkte Einbindung des Publikums als „hautnahe“ Beobachter in die laufenden Untersuchungen; durch die Präsentation von Funden in Museen und Sonderausstellungen sowie verstärkt durch den Einsatz neuer Präsentationstechniken und Multimediasystemen. Denn Carnuntum soll als einzigartige archäologische Landschaft nicht nur bewahrt, erhalten und nach den Richtlinien der internationalen Denkmalpflege gestaltet werden. Es soll hier auch einen attraktiver Erholungsraum mit Bildungs- und Erlebniswert in der Region geschaffen werden, der multifunktional vermarktet wird und dabei Wirtschaftlichkeit und eine kaufmännische Zielsetzung nicht außer acht lässt.

Durch die Weitläufigkeit der Ausgrabungsflächen in den beiden Katastralgemeinden Bad Deutsch-Altenburg und Petronell-Carnuntum entstanden auf einer Fläche von 10 km² drei Kernzonen (Museumsbezirk, Legionslager und Lagerstadt, Zivilstadt). In jeder Kernzone wurden bislang Sanierungs- und Gestaltungsmaßnahmen durchgeführt und die notwendige Infrastruktur (Besucherzentrum, Fuß- und Radwege, Beschilderung, Bepflanzung) errichtet.

Im **Archäologischen Museum Carnuntinum** in Bad Deutsch-Altenburg werfen Funde aus 150 Jahren Forschung in Carnuntum Licht auf das tägliche Leben vor 2000 Jahren (Kernzone 1): Das zu Beginn des 20. Jahrhunderts im Stil einer antiken Landvilla errichtete größte Römermuseum Österreichs zeigt rund 3.300 Exponate, welche Hinweise auf Religion, Geldgeschichte, Militär, Wirtschaft, Ämterkarrieren, öffentliche Repräsentation, Privatleben, Begräbnissitten u.v.a.m. geben.

Den Ausgangspunkt der römischen Besiedlung von Carnuntum bilden das Legionslager und die Lagerstadt mit dem Militäramphitheater in Bad Deutsch-Altenburg (Kernzone 2):
Die Reste des **Legionslagers** befinden sich etwa 1 km westlich von Bad Deutsch-Altenburg beiderseits der Landesstraße 2026 und sind heute noch deutlich als Geländedenkmal erkennbar. Die bis zu 2 m breiten Festungsmauern müssen zusammen mit den Türmen einen imposanten Eindruck geboten haben. Der einzige freiliegende Teil ist ein Fundamentrest des östlichen Lagertores.
Carnuntum besitzt das einzige im Mittelalter und der Neuzeit nicht überbaute Legionslager zwischen Regensburg und Belgrad und daher eines der wichtigsten archäologischen Reservate am Donaulimes, welches besonders geschützt werden muss.
Zur Verstärkung der Legionärstruppen wurde am Ostrand von Petronell-Carnuntum ein Hilfstruppenlager für die Kavallerie errichtet. Durch modernen Siedlungsbau ist dieses **Reiterlager** großteils zerstört, nur geringe Reste sind noch erhalten (Ostfront Lagermauer, Kastellbad). Ein kleines Museum am Ortsrand zeigt aber Ergebnisse dieser Untersuchungen sowie die technikgeschichtlich interessante Kreuzung einer römischen Wasserleitung mit einem Abwasserkanal.
Das Legionslager ist an drei Seiten von der **Lagerstadt** *(canabae legionis)* umgeben. Zu dieser zivilen Siedlung gehörte verwaltungsmäßig auch ein am 330 m hohen Pfaffenberg, dem Stadtberg von Carnuntum, ursprünglich befindliches Heiligtum für Jupiter und die vergöttlichten Kaiser. Die gesamte Anlage wurde jedoch bis 1985 durch den Steinbruch von Bad Deutsch-Altenburg zerstört. Von den übrigen Bauten der Lagerstadt (Statthalterpalast, Forum, Thermen, Kultbezirk, Wohnhäuser) ist heute nichts mehr zu sehen.
Lediglich das **Amphitheater**, welches etwa 100 m östlich des Legionslagers in einer Geländesenke angelegt wurde und Platz für 6000-8000 Zuschauer bot, kann heute noch besichtigt werden. Es diente vor allem als Exerzierplatz der Soldaten, gelegentlich gab es auch Tierhetzen und Gladiatorenkämpfe. Das kleine Ausstellungsgebäude an der Nordwest-Seite des Amphitheaters zeigt jährlich wechselnde Sonderausstellungen.

Etwa 2 km westlich des Lagers entstand die **Zivilstadt** in Petronell-Carnuntum, wo sich heute der Parkeingang und das Informationszentrum befinden (Kernzone 3):
Im sogenannten **Spaziergarten** südlich von Schloss Petronell liegt das größte für Besucher zugängliche Ausgrabungsareal des Archäologischen Parks Carnuntum. Dort wurde in den Jahren 1948-1957 auf einer Fläche von ca. 1,45 ha ein Teil der Zivilstadt ausgegraben. Die aufgedeckten archäologischen Befunde wurden konserviert und das heute als Freilichtmuseum bekannte Areal für die Besucher zugänglich gemacht. Die antiken Baureste wurden konserviert: Sofort nach der Freilegung wurden sie mit modernem grauem Zementmörtel restauriert und teilweise wiederaufgebaut. Nördlich des Informationszentrums liegen zu beiden Seiten des Zufahrtsweges zum Schloss Petronell auf einer höhergelegenen südlichen Terrassenstufe mehrere Wohnhäuser. Eine ca. 6 m breite westöstlich verlaufende Pflasterstraße (Südstraße) trennt diese südliche Siedlungsterrasse vom nördlich anschließenden, tiefergelegenen Baukomplex. Dieser wird an allen vier Seiten von Pflasterstraßen begrenzt, im Norden durch eine drei Meter tiefe Säulenhalle zur Straße hin abgeschlossen und besteht aus mehreren unterschiedlichen Gebäuden: Therme, langgestreckter Kammerbau, privater Wohnkomplex und kleiner Straßentempel. Im Südosten wurde ein Aussichtsturm errichtet, ohne die darunter befindlichen, noch nicht ergrabenen archäologischen Befunde zu gefährden. Ein knapp 22 m langer Abschnitt einer Säulenhalle sowie ein Tempel der Göttin Diana Nemesis wurden auf Grund der Untersuchungsergebnisse im Maßstab 1:1 rekonstruiert. Dieser Tempel dient auch als Grabungsmuseum. Auch zwei Pflasterstraßen wurden bereits untersucht, weitere Forschungen sind im Gang.

Rekonstruktion eines römischen Straßentempels mit vorgelagerter Straßenhalle (Freilichtmuseum Petronell-Carnuntum)
Foto: F. Humer (Haslau/D.)

Der Kern der Zivilstadt wurde im 3. Jhdt. n. Chr. mit einer Stadtmauer umgeben. Das Forum als Zentrum der Zivilstadt konnte erst vor wenigen Jahren mittels magnetischer Prospektion auf einem Grundstück südlich der Großen Thermenanlage entdeckt werden.
Etwa 200 m westlich von Schloss Petronell befinden sich die Ruinen der **Forumsthermen** (sogenannte Palastruine). Den Südteil der Anlage bildet eine Markthalle, nördlich schließt ein großer offener Hof an. Noch weiter nördlich liegt das eigentliche Badegebäude. Trotz des schlechten Erhaltungszustandes lässt sich noch immer eine der größten römischen Badeanlagen nördlich der Alpen erkennen.
Etwa 700 m westlich des Informationszentrums liegt das zivile **Amphitheater**, in dem bis zu 13.000 Zuschauer Platz fanden. Hier war ein vom Militär getrennter Aufführungsort öffentlicher Schaukämpfe und Theatervorführungen. Die Arena des Amphitheaters wird seit einigen Jahren erfolgreich für Aufführungen antiker Theaterstücke in moderner Inszenierung genützt (Festival „Art Carnuntum").
Das **Heidentor** südwestlich von Petronell war ursprünglich ein Vierpfeilerbau, in dessen Mitte ein Rundsockel mit einer Statue des Kaisers stand. In den letzten Jahren wurde dieses Bauwerk umfassend untersucht und restauriert. Ein Modell zeigt das ursprüngliche Aussehen dieses Ehrenmonuments. Das Heidentor ist heute nicht nur das Symbol des Archäologischen Parks Carnuntum, sondern findet sich auch im Wappen der Marktgemeinde Petronell-Carnuntum und wird auch von den Winzern der Weinbauregion Carnuntum verwendet.
Der Archäologische Park Carnuntum inmitten der relativ unberührten Donaulandschaft zwischen Wien und Bratislava ist ein wichtiger Identifikationsfaktor als Bewahrer unserer römischen Vergangenheit und bietet für die Zukunft erfolgversprechende kulturtouristische Perspektiven.

GRÜNE WILDNIS AM GROSSEN STROM
DER NATIONALPARK DONAU-AUEN

Die Dynamik des fließenden Stromes ist hier noch wirksam: das Auf und Ab der Wasserstände bestimmt den Lebensrhythmus der Au. Der Fluss mit seinen Überschwemmungen hat diese Landschaft geformt und nährt noch heute eine große Vielfalt an Pflanzen und Tieren.

Foto: Golebiowsky und Navara

Idyllische Landschaften - vor den Toren Wiens Foto: Tschapka

Die Au im Wandel der Jahreszeiten Foto: Kovacs

Die Donau fließt hier noch unreguliert und gestaltet ihre Ufer Foto: Baumgartner

Bis ins 19. Jahrhundert war die Donau ein ungezähmter Fluss. Dann veränderte der Mensch durch umfangreiche Regulierungen drastisch den Naturhaushalt dieser Landschaft. Viele Nebenarme wurden abgedämmt und sind seither nur noch bei Hochwässern von der Donau durchströmt. Weitere massive Eingriffe folgten durch die forstwirtschaftliche Nutzung in weiten Teilen der Auwälder. In den 50er Jahren begann der Ausbau einer nahezu lückenlosen Kette von Flusskraftwerken im österreichischen Teil der Donau.
1984 drohte mit dem geplanten Bau des Kraftwerkes Hainburg die Zerstörung des letzten frei fließenden Donauabschnitts mit seinen Auwäldern. Doch landesweite Proteste sowie die legendäre Besetzung der Auwälder bei Hainburg bewirkten ein Umdenken.
Am 27. Oktober 1996 wurde schlussendlich zwischen der Republik Österreich und den Bundesländern Wien und Niederösterreich ein Staatsvertrag unterzeichnet - Der Nationalpark Donau-Auen war damit offiziell eröffnet.
Der Flussauen-Nationalpark liegt zwischen den Metropolen Wien und Bratislava, er erstreckt sich auf 9.300 Hektar Fläche. Er sichert die Erhaltung und Förderung der Tier- und Pflanzenwelt der Donau-Auen einschließlich ihrer Lebensräume.
Die Nutzung des Gebietes zu Zwecken der Bildung und Erholung, Wissenschaft und Forschung wird durch das Nationalpark-Management gewährleistet.

Eine Reiherkolonie - Zahlreiche Vogelarten finden in den Donau-Auen ideale Lebensbedingungen

Der Nationalpark Donau-Auen birgt eine große Vielfalt an Lebensräumen: den frei fließenden Donaustrom selbst, seine Alt- und Seitenarme, Schotterbänke an Inseln und Ufern, steile Uferkanten, Auwald (Harte und Weiche Au), Wiesen und Heißländen. Auch der Hochwasserschutzdamm, eigentlich vom Menschen geschaffen, bietet vielen Tieren und Pflanzen mit speziellen Ansprüchen ein Zuhause.

65 % der Nationalpark-Flächen sind von Auwald bedeckt, 20 % stellen verschiedene Gewässer, und 15 % bergen Äcker, Wiesen und sonstige Flächen. Damit verbunden weist diese Auenlandschaft eine enorme Artenvielfalt auf: Weit mehr als 700 Arten höherer Pflanzen, mehr als 30 Säugetier- und 100 Brutvogelarten, 8 Reptilien- und 13 Amphibienarten sowie mehr als 50 Fischarten leben im Nationalpark-Gebiet. Mit den zahlreichen land- und wasserlebenden Insekten und wirbellosen Tieren wird das Vorkommen auf insgesamt 5000 Arten geschätzt, die hier Heimat und Zuflucht finden.

Fotos Seite 38: Antonicek

Zu den botanischen Kostbarkeiten des Nationalparks zählen die zahlreichen Orchideenarten

Der Au-Hirsch - Sinnbild der urwüchsigen Wildnis dieser Landschaft

Die Urform des Weines, die Wilde Weinrebe, gedeiht nach wie vor im Nationalpark

Die Auen sind ein Paradies für Amphibien wie diesen kleinen Laubfrosch

Armut und Schönheit - blühende Seerosen auf einem Altarm

Hirschkäfer sind auf Altholzbestände angewiesen: Hier wachsen ihre Larven heran

Fotos: Kovacs, Antonicek, Baumgartner

Die Flusslandschaft wird vom Hochwassergeschehen der Donau geprägt Foto: Baumgartner

Projekte

Auch das ist Nationalpark: Planung, Steuerungsmaßnahmen, regulierende Eingriffe, Waldentwicklung, Gewässervernetzung oder Wiederansiedlung von Tieren und Pflanzen. Der Nationalpark braucht Management - die Natur sich selbst zu überlassen, genügt nicht immer.
Life Natur ist ein Förderungsinstrument der Europäischen Union, das wichtige Naturschutzvorhaben unterstützt. Das Life Projekt „Gewässervernetzung und Lebensraum-Management Donau-

Im Rahmen der Gewässervernetzungsmaßnahmen kommen auch Bagger in der Au zum Einsatz - zugegeben ein gewöhnungsbedürftiger Anblick
Foto: Grotensohn

Die Europäische Sumpfschildkröte hat in den Donau-Auen österreichweit ihr letztes intaktes Refugium gefunden. Ein intensives Schutz- und Forschungsprogramm ist diesem scheuen Reptil gewidmet Foto: Popp

Seltene und gefährdete Arten wie der Eisvogel oder der erst kürzlich wieder entdeckte Hundsfisch profitieren von den Managementmaßnahmen, ihre Lebensbedingungen werden verbessert *Fotos: Antonicek, Grotensohn*

auen“ des Nationalpark Donau-Auen geht revolutionäre Wege - Ziel ist, der Donau und ihren Nebengewässern so weit als möglich ihre Dynamik zurück zu geben.
Treppelwege werden abgesenkt, Traversen umgebaut und aus den zu Tümpeln verkommenen Altarmen werden wieder lebendige dynamische Gewässer gemacht. Der Fluss kann die Aulandschaft neu erobern und nach seinen Gesetzen umgestalten. Die Kraft des fließenden Wassers formt Steilufer und flache Kiesbänke. Verlandete Gewässerzüge erwachen zu neuem Leben. Die Tier- und Pflanzenwelt erhält wertvolle Lebensräume zurück. Das Ergebnis wird spektakulär sein!

Foto: Kovacs

Die Besucherbetreuer wissen viel Spannendes und Lehrreiches über die Au und ihre Bewohner zu erzählen
Foto: Gager

Auch per Kutsche kann man die Donau-Auen erleben *Foto: Loiskandl*

Besucherangebot

Vielfältig und abwechslungsreich ist das Besucherangebot des Nationalpark Donau-Auen: Eine breite Palette von Angeboten lädt Kinder und Erwachsene, Individualgäste, Gruppen und Schulklassen zu Naturgenuss pur ein. Gemeinsam mit einem geschulten National-park-Betreuer lernen sie die faszinierende Welt der Donau-Auen

Naturerlebnis pur - eine geführte Exkursion im Nationalpark *Foto: Kovacs*

Informationen zum Besucherangebot des Nationalpark Donau-Auen:

Nationalpark Donau-Auen GmbH
2304 Orth an der Donau

Tel.: 02212/3450, Fax: 02212/3450-17
e-mail: nationalpark@donauauen.at
Internet: www.donauauen.at

Vom Boot aus eröffnet sich dem Besucher die verborgene Welt der Donau-Auen *Foto: Mertin*

kennen. Ob zu Fuß, mit dem Boot, per Kutsche oder Fahrrad - für jeden Besuchergeschmack ist etwas dabei. Die Angebote reichen von der kurzen Schnuppertour über mehrstündige Familien-Wanderungen bis zum mehrtägigen Aufenthalt für Schulklassen. Auf Wunsch werden spezielle Schwerpunkte gesetzt.

Neben der einzigartigen Flusslandschaft der Donau-Auen hat die Region aber noch viel mehr zu bieten: Die Partner der Initiative Auland (Marchfelder Schlösser, Archäologischer Park Carnuntum, Safaripark Gänserndorf, Donau-Auen und Tourismusregion March-Donauland) laden die Besucher ein, die vielfältigen Möglichkeiten für Natur- und Kulturerlebnis, verbunden mit kulinarischen Genüssen zu entdecken.

Um in Hinkunft auch über Österreichs Grenzen hinaus unvergessliche Freizeiterlebnisse zu bieten, entwickeln die Nationalpark-Region und die Region Bratislava - Devin, Slowakei nun gemeinsame Angebote. Der Besucher des Nationalpark Donau-Auen erhält dadurch die Möglichkeit, diesseits wie jenseits der Grenzen bestens betreut landschaftliche und kulturelle Besonderheiten zu erleben.

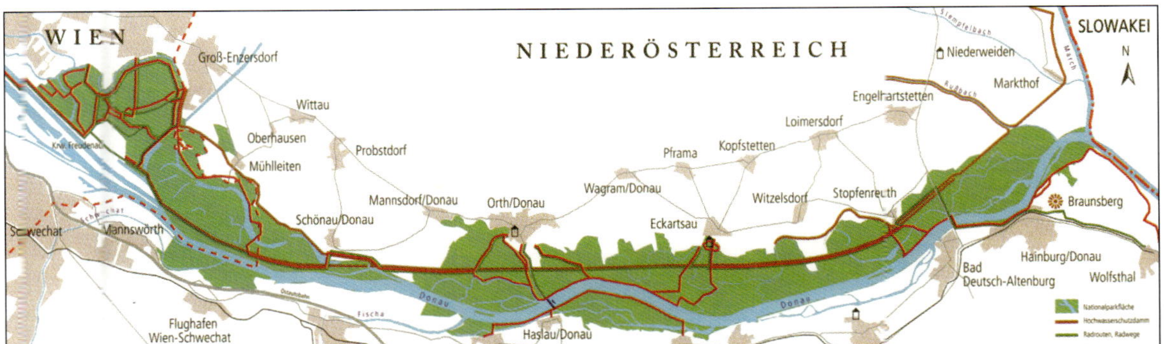

AULAND CARNUNTUM
TOR IN DIE ZUKUNFT

LEADER+ MITGLIEDSGEMEINDEN

BRUCK AN DER LEITHA
TRAUTMANNSDORF AN DER LEITHA
GÖTTLESBRUNN-ARBESTHAL
HÖFLEIN BEI BRUCK / L.
ROHRAU
PRELLENKIRCHEN
BERG
WOLFSTHAL
HAINBURG AN DER DONAU
BAD DEUTSCH-ALTENBURG
PETRONELL-CARNUNTUM
SCHARNDORF
HASLAU-MARIA ELLEND
ORTH AN DER DONAU
ECKARTSAU
ENGELHARTSTETTEN

Eingebettet in eine abwechslungsreiche Naturlandschaft, malerisch gelegen zwischen ausgedehnten Weingärten, grünen Wäldern und den sanften Hügeln des Leithagebirges, vereint die Bezirkshauptstadt BRUCK AN DER LEITHA in liebenswürdiger Weise alte Geschichte mit den Annehmlichkeiten einer modernen Kleinstadt.

Foto: Marais

Stadtgemeinde Bruck an der Leitha

Wappenbeschreibung seit 1786: „Goldene, gequaderte Stadtmauer mit rotgeöffnetem Tor und aufgezogenem Fallgitter, überragend von drei dreigeschoßigen ebensolchen goldenen Türmen, der rechte und linke gezinnt, der mittlere höchste mit einem Spitzdach versehen.“

Geschichte und Entwicklung

Spätestens seit der Jungsteinzeit war der Raum Bruck a.d. Leitha von Menschen bewohnt gewesen. Zahlreiche archäologische Funde (Feuersteinwerkzeuge, Flach- und Lochbeile) weisen sogar auf eine ehemals sehr dichte Besiedlung des Brucker Gebietes hin. Spuren frühbronzezeitlicher Ansiedlungen konnten am sogenannten „Ungarberg“ sowie in Bruckneudorf entdeckt werden; als Einzelfund kam ein übergroßer Stabdolch - wahrscheinlich diente er vorrangig als Würdezeichen - östlich von Bruck zutage. In jüngster Zeit wurden westlich von Bruck auch Reste einer Keltensiedlung entdeckt. Die Bestände an römischen Funden sind sehr reichhaltig und beinhalten Inschrift- und Grabsteine, Ziegel, Keramiken sowie zahlreiche Kleinfunde. Nach dem Untergang der Römerherrschaft und den Wirren der Völkerwanderung dürften erste schriftliche Aufzeichnungen, die - wenn schon nicht auf Bruck selbst, so doch wenigstens auf die nähere Umgebung bezogen - aus der Karolingerzeit stammen.

Weitgehend gesichert lassen sich die Anfänge Brucks jedenfalls nicht vor der Mitte des 11. Jahrhundert ansetzen: 1074 erwähnt eine Urkunde König Heinrichs IV. erstmals unseren Ort mit der Bezeichnung „Ascherichsbrugge“. Dieser „Ascherich“ , der offenbar den nach ihm benannten Stützpunkt an der Leitha errichtet haben dürfte, war wahrscheinlich ein Gefolgsmann des bayerischen Adels. Aus dieser ersten Ansiedlung hat sich nach und nach die sich ständig vergrößernde Siedlung Bruck entwickelt.

Aus der späten Mitte des 12. Jahrhunderts ist bekannt, dass die Pfarre Bruck durch den Bischof Konrad v. Passau an das Chorherrenstift St. Pölten übergeben wurde. Die Gründung der „civitas“ (Stadt) Bruck dürfte durch die Herren von Haslau zu Beginn des 13. Jahrhunderts eingeleitet worden sein. Gesichert urkundlich erwähnt ist Bruck als „civitas Pruke“ in einem Schriftstück des letzten Babenbergerherzogs Friedrich des Streitbaren 1239. Zu dieser Zeit wird bereits zwischen einer Altstadt, dem eigentlichen Siedlungskern, sowie einer Neustadt mit ihren Wehranlagen, Toren, Türmen und dem tiefen, breiten, mit Wasser gefüllten Stadtgraben unterschieden.

Nach dem Tod Ottos v. Haslau (wahrscheinlich 1288) gelang es den Brucker Bürgern relativ rasch, den Einfluss der Haslauer aus der Stadt zu verdrängen und ihre Geschicke selbst in die Hand zu nehmen.

Unter Herzog Friedrich dem Schönen erhielt Bruck 1316 eine Anzahl wichtiger landesfürstlicher Privilegien, unter anderem ein Privileg für einen Jahrmarkt am 25. Mai jeden Jahres, das im Laufe der Zeit auf viermal im Jahr erweitert wurde. Die Wirtschaftsstruktur der Stadt und ihrer Umgebung war damals in erster Linie auf Weinbau, Ackerbau und Viehzucht ausgerichtet. Im 15. Jahrhundert (1463) erhielt Bruck a.d. Leitha von Kaiser Friedrich III. das Niederlagsrecht für Waren, die zwischen der Donau und dem Neusiedlersee geführt wurden. Dieses Recht ermöglichte es der Bürgerschaft, sich in den Fernhandel einzuschalten, da es vorbeikommende Kaufleute zwang, hier ihre Handelsware abzulegen und feilzubieten und nicht bloß durch die Stadt durchzuziehen. Dadurch wurde unsere Stadt zu einem wichtigen Gewerbezentrum. Im selben Jahr wurde auch das freie Niederlassungsrecht für Handwerker verliehen.
Vor allem der Weinbau und -handel hatten in Bruck stets größte Bedeutung. Als Privileg durften die Brucker ihre Eigenbauweine aus Ungarn einführen. Durch all diese Bevorteilungen gehörte Bruck zu den wohlhabenden Städten.
Das Jahr 1515 war für die Stadt Bruck von historischer Bedeutung; ca. 5 km westlich des Ortes trafen sich Kaiser Maximilian I., König Wladislav v. Böhmen und Ungarn sowie dessen Bruder Sigismund, König v. Polen, um einen Erbvertrag zwischen ihren Nachkommen abzuschließen. Als Auswirkung dieser Verträge kam das Haus Habsburg in den Besitz Böhmens und Ungarns. So kann dieses Jahr als die Geburtsstunde der österreichisch-ungarischen Monarchie angesehen werden. Während des Türkensturms von 1529 hatten die Brucker Bürger mit den Aggressoren vereinbart, ihre Stadt kampflos zu übergeben, falls Wien fallen sollte. Da dies nicht der Fall war, kam Bruck fast ungeschoren davon. Im 16. und 17. Jahrhundert wütete überdies immer wieder die Pest in der Stadt und rottete zeitweise ihre Bewohner fast völlig aus.

Stich von Matthias Vischer, 1672

Im Zuge der Rebellion des Siebenbürgerfürsten Gabor Bethlen gegen die Habsburger schlugen die Aufständischen bei Bruck die Kaiserlichen, die sich nach Wien zurückziehen mussten. 1683 zogen die Türken wiederum gegen Wien, und Bruck wurde von deren Truppen eingeschlossen. Durch einen glücklichen Umstand blieb die Stadt verschont. Durch die Vermittlung von dem mit den Türken verbündeten ungarischen Rebellenführer Tököly wurden wegen der zahlreichen Grundbesitzungen auf ungarischem Gebiet den Brucker Bürgern ein Schutzbrief für die Stadt ausgestellt, der ihre Einwohner vor jeglichen Schäden bewahrte. Auch während der Kuruzzenaufstände 1703/04 konnte die Stadt durch intensive Defensionsarbeiten sowie durch starke Militärpräsenz im Gegensatz zum Umland vor dem Schlimmsten bewahrt werden. Von den zahlreichen Kriegen des 18. Jahrhunderts wurde Bruck nicht mehr unmittelbar betroffen. Während des Siebenjährigen Krieges musste die Stadt allerdings einige Zeit kriegsgefangene preußische Offiziere und Mannschaften aufnehmen. Im Zuge der Franzosenkriege hatte die Stadt 1805 und 1809 eine napoleonische Besatzung mit allen deren Forderungen nach Verpflegung (vor allem Wein), Vorspanndiensten und anderen Leistungen über sich ergehen zu lassen. Durch die 1846 errichtete neue Bahnlinie Bruck - Wien gingen ganz wesentliche Impulse für das ganze Gebiet aus. Während des Revolutionsjahres 1848 war Bruck ein Mittelpunkt der Auseinandersetzungen zwischen Aufständischen und kaiserlichen Truppen. Einen großen Bekanntheitsgrad erreichte die Stadt in der österreichisch-ungarischen Monarchie durch das im Jahr 1867 errichtete „Brucker Lager“, das für 30.000 Mann konzipiert war und der militärischen Ausbildung der k. u. k. Armee diente. Heute steht es dem österreichischen Bundesheer als Truppenübungsplatz zur Verfügung.

Der fünfgeschossige Ungarturm aus dem 13. Jh. ist seit 1986 Heimstätte des Brucker Stadtmuseums, das mit vielen gesammelten Gegenständen aus der engeren Heimat Leben und Arbeit ihrer einstigen Bewohner anschaulich illustriert.

Durch die ständige starke Militärpräsenz aus allen Teilen der Monarchie wurde Bruck zu einer richtigen Soldatenstadt. Jährlich kam Kaiser Franz Joseph zur Truppeninspektion und hielt sein Hoflager in der Brucker „Burg“ (ehemaliges Augustinerkloster). Kurz nach Beginn des Ersten Weltkrieges entstand im Militärlager ein großer Spitalskomplex und ein Gefangenenlager. Nördlich der Stadt wurde 1915 ein Barackenlager für 5.000 Flüchtlinge vom italienischen Kriegsschauplatz errichtet.

Nach dem Untergang der Monarchie hatte die neugegründete Republik Österreich unter Armut und Not zu leiden. Mit der Auflösung der Doppelmonarchie war Bruck wieder eine echte Grenzstadt geworden. Die Scharmützel mit ungarischen Freischärlern fanden durch das Vorrücken des österreichischen Bundesheeres bei der Angliederung des Burgenlandes 1921 endgültig ein Ende. In den späten zwanziger und danach in den dreißiger Jahren wuchsen die politischen Spannungen in der Republik weiter an, und so gab es auch in Bruck des öfteren dramatische politische Situationen.

Nachdem 1938 der Bezirk Bruck mit dem Neusiedler Bezirk zum Kreis Bruck an der Leitha vereinigt worden war, erfolgte auch am 1. April 1939 der Anschluss von Bruckneudorf an Bruck. Seit 1950 ist Bruckneudorf wieder von Bruck getrennt.

Mit dem Beginn des Zweiten Weltkrieges richteten sich die Geschicke der Stadt auf die Kriegswirtschaft ein. Sammelaktionen für

Foto Helmreich

die Wehrmacht, Sparmaßnahmen aller Art, Lebensmittelrationierungen und anderes mehr gehörten ebenso zum Kriegsalltag wie die Sorge um die Angehörigen an den Fronten. Vom Bombenkrieg gegen Kriegsende blieb Bruck wegen kaum vorhandener kriegswichtiger Industrie weitgehendst verschont. Lediglich die Bahnanlagen waren Zielpunkt heftiger Bombenangriffe. Am 31. März 1945 gab es noch eine besondere Kundgebung auf dem Hauptplatz, wobei eine weiße Fahne den Bruck überfliegenden russischen Flugzeugen entgegengehalten wurde - dies dürfte nach späteren Bestätigungen sowjetischer Offiziere mit ein Grund für die Rettung der Stadt gewesen sein, da scheinbar deswegen der Befehl ausgegeben wurde, Bruck zu umgehen und nicht zu beschießen. Die sowjetische Besatzungszeit mit allen ihren bekannten Auswirkungen endete am 19. September 1955 mit der Verabschiedung des russischen Stadtkommandanten am Brucker Bahnhof. 1956 wurde das Brucker Lager vom österreichischen Bundesheer bezogen. Während des im selben Jahr ausgebrochenen Ungarnaufstands wurden viele Flüchtlinge in Bruck versorgt, die Bevölkerung zeigte sich überaus hilfsbereit.

Nach Abzug der Besatzungsmacht 1955 begann die Aufbauarbeit. In den folgenden Jahrzehnten war es vorrangige Aufgabe der Kommunalverwaltung, den Wohnbau zu fördern und Bruck als Bezirkshauptstadt mit attraktivem Ortsbild als Bildungs- und Kulturzentrum sowie als Wirtschaftsmittelpunkt zu etablieren. In gemeinsamer Arbeit ist es der Stadtgemeinde gelungen, diese Bemühungen zu realisieren. Mit 1. Jänner 1971 wurde Wilfleinsdorf mit rund 800 Einwohnern auf Grund eines Gemeinderatsbeschlusses hier eingemeindet und zu einem Stadtteil von Bruck. 1974 ging Bruck eine Städtepartnerschaft mit der Marktgemeinde Bruckmühl in Oberbayern ein.

Die Stadtgemeinde und Siedlungsgenossenschaften errichteten große Wohnhäuser, neue Wohnsiedlungen entstanden, viele Eigenheime wurden errichtet - Bruck ist im Jahrtausend davor nicht so sehr gewachsen wie in der Zeit seit dem Staatsvertrag.

Antik - barock - modern: Herrliche Fassaden und liebevoll restaurierte Bürgerhäuser säumen den Hauptplatz und die Seitengassen von Bruck an der Leitha.

Heute ist die Bezirkshauptstadt Bruck an der Leitha Sitz einer ganzen Reihe von Verwaltungsstellen. Aufgrund der verkehrsgünstigen Lage unserer Stadt - direkt an der Ostbahn, der Autobahn und in unmittelbarer Nähe zum Flughafen - gelang es der Stadtverwaltung, Ansiedelungen größerer Unternehmen zu forcieren. So wurde auf dem Gelände der ehemaligen Zuckerfabrik - sie prägte fast acht Jahrzehnte lang unser Wirtschaftsleben - eine Ölmühle errichtet, die 1989 ihren Betrieb aufnahm. Als größter Industriebetrieb ist die Firma Masterfoods Austria zu nennen, die Heimtiernahrung für den österreichischen Markt und vor allem für den Export produziert. Bedeutende Baufirmen, die Autofirma Volvo und Tschibo haben gleichfalls am Rande unserer Stadt ihre Niederlassungen, und vor kurzem eröffnete ein Fachmarktzentrum mit vorläufig 15 Geschäften seine Pforten.

Bruck an der Leitha ist eine Schulstadt mit großem Einzugsgebiet: 2 Volks-, 2 Hauptschulen, Polytechnische Schule, Sonderschule, Bundesgymnasium, Handelsschule und -akademie sowie Musikschule werden von ca. 2600 Schülern besucht. Großer Beliebtheit erfreut sich auch die Volkshochschule in der Erwachsenenbildung.

Wilfleinsdorf

Wilfleinsdorf erhielt, so wie alle Orte seiner Umgebung, wahrscheinlich bereits im 11. Jahrhundert den Namen seines ersten Grundherrn Wulfili. Es hatte von altersher mehrere Grundherrschaften; die älteste war das Stift Heiligenkreuz, das auch stets die Ortsobrigkeit ausübte. Für den Ort wurden in der Folge verschiedenste Schreibweisen gewählt, bis endlich Mitte des 19. Jahrhunderts eine gesetzliche Regelung für das Schreiben von Ortsbezeichnungen festgesetzt wurde.

1529 nahmen die Türken Wilfleinsdorf ein, die Einwohner wurden verschleppt. Durch kroatische Siedler konnte der Ort wieder aufgebaut werden; er hatte um 1544 eine rein kroatische Bevölkerung. Als 1683 Wilfleinsdorf zum zweiten Mal von den Türken zerstört wurde, waren die neuen Siedler großteils Schwaben, ein kleinerer Teil kam aus Bayern, Tirol und Oberösterreich. Zu Beginn des 18. Jahrhunderts blieb die Ortschaft auch von den Einfällen der Kuruzzen nicht verschont. Im 19. Jahrhundert wurde Wilfleinsdorf von Seuchen, Naturkatastrophen, Kriegen und Bränden heimgesucht. 1830 und 1849 trat die Cholera auf. 1833, 1851 und 1852 verursachten die Überschwemmungen der Leitha große Schäden auf den Feldern und Wiesen. Auch das Revolutionsjahr 1848/49 ging nicht spurlos an Wilfleinsdorf vorüber. Durch einen rasch geschlossenen Waffenstillstand nach der verlorenen Schlacht bei Königgrätz 1866 verlagerten sich die Truppen bis südlich der Donau, bis zu 12.000 Mann waren mehrere Tage in der Ortschaft einquartiert. Nach dem Abzug waren die

Scheunen leer und die Felder verwüstet. Im 19. Jahrhundert konnten aber auch einige kommunale Einrichtungen geschaffen werden. In den Jahren 1845-1846 wurde die Bahn gebaut, 1868 ein Postamt eingerichtet. 1897 konnte der neue Friedhof eingeweiht werden, und 1898 wurde zum 50-Jahre Regierungsjubiläum Kaiser Franz Josephs neben dem schon bestehenden Schulhaus von 1855 ein zweites einstöckiges Schulgebäude errichtet.
In der ersten Hälfte des 20. Jahrhunderts waren in Wilfleinsdorf viele dörfliche Gewerbebetriebe ansässig, was auf das in der Nähe liegende Militärlager Kaisersteinbruch und auf den Gutshof Königshof zurückzuführen war. Nach Beendigung des Ersten Weltkrieges bis zur Angliederung des Burgenlandes an Österreich 1921 wurde an der Leithabrücke gegenüber dem Gut Königshof wieder eine Zollstation errichtet. Die Zwischenkriegszeit war von wirtschaftlicher Not und politischen Unruhen gekennzeichnet. Aber auch der Anschluss Österreichs an das Deutsche Reich sowie der bald folgende Ausbruch des Zweiten Weltkrieges brachten, nach einem scheinbar kurzen Aufschwung, schwere Zeiten. Es folgten die totale Verpolitisierung des Alltags, Einberufungen zur Wehrmacht, Einberufungen zum Arbeitsdienst und die Mitteilungen über die ersten Gefallenen. Am 4. April 1945 marschierten die ersten Soldaten der Roten Armee in Wilfleinsdorf ein - die NS-Zeit war vorüber. Aber auch die darauffolgende Zeit war nicht einfach.
Nach 1950 kam es allmählich auch zu einer wirtschaftlichen Verbesserung Die Ortsstraße wurde asphaltiert, die Kanalisierung beendet und ein neues Amtshaus errichtet.
Seit 1971 ist Wilfleinsdorf ein Ortsteil von Bruck an der Leitha. Viele neue Projekte wurden in den darauffolgenden Jahren in Angriff genommen. Dazu zählten z. B. die Fertigstellung der Wasserversorgungsanlage, Bau eines neuen Pfarrhofs, der Bau eines neuen Feuerwehrhauses und eines Kindergartens. Die Vereine im Ort setzen einen Grundstein zur Erhaltung der Dorfgemeinschaft im gesellschaftlichen, kulturellen und sportlichen Bereich.

Wilfleinsdorf um 1910

Kulturbauten und Sehenswürdigkeiten

Stadtpfarrkirche

Die alte St. Martinskirche nahe der Leithabrücke war schon längst zu klein geworden, daher wurde 1696 inmitten der Stadt mit dem Bau der Stadtpfarrkirche begonnen. 1702 wurde das Gotteshaus feierlich eingeweiht.

Die im Stil der Zeit errichtete Barockkirche mit dem Patrozinium „Heilige Dreifaltigkeit" hatte ursprünglich eine einfache, glatte Fassade und erhielt erst im zweiten Bauabschnitt (1738-1740) ihre heutige Gestalt. Die Kirche wurde an den schon seit Jahrhunderten frei auf dem Stadtplatz stehenden Wachturm angebaut. Dieser wurde zum Kirchturm der Pfarrkirche umgestaltet und erhielt einen barocken Zwiebelhelm, dessen Spitze ein Doppelkreuz krönt.

Der Hochaltar mit dem Bild der Hl. Dreifaltigkeit ist barock, an jeder Seite erheben sich zwei Säulen, dazwischen befinden sich die Standbilder der Apostel Petrus und Paulus, darüber die der hl. Barbara und Katharina. Die Orgel mit dem reich verzierten Orgelkasten wurde im Jahr 1710 gebaut.

Die Stadtpfarrkirche zur Hl. Dreifaltigkeit mit der Mariensäule

Foto Helmreich

Die großzügige Anlage des Harrach'schen Schlosses

Schloss Prugg (Harrach)

Die Katastralgemeinde Schloss Prugg umfasst das gräflich Harrach'sche Schloss, das ehemalige Kapuzinerkloster, eine Mühle am Leithaarm, neun Wirtschaftsgebäude und die dazugehörigen Grundstücke, Obst- und Gemüsegärten, Felder, Wiesen und Auen, die teils auf österreichischem, teils auf ungarischem Boden lagen.
Das Schloss wurde nach der Bauform seines ältesten Teiles, des sogenannten Heidenturmes, bereits im 12., vielleicht sogar schon im 11. Jahrhundert, errichtet. Es befindet sich seit 1625 im Besitz der Familie Harrach. Die wichtigsten Veränderungen an der Bauform der ehemaligen Stadtburg mit ihrem frühgotischen Bergfried wurden am Anfang des 18. Jahrhunderts von Lukas von Hildebrandt im Barockstil durchgeführt. Reichsgraf Johann von Harrach begann die Umgestaltung des Schlosses im englischen Tudorstil 1792, die von dessen Bruder und Nachfolger, dem Reichsgrafen Franz Ernst von Harrach im Jahr 1854 vollendet wurde. Die prächtigen Räumlichkeiten sind heute teils in älterem Stil, teil neuzeitlich geschmackvoll eingerichtet. Ein Saal im Seitentrakt enthält eine Sammlung von Ahnenbildern des gräflichen Hauses, die an Reichhaltigkeit und geschichtlichem Wert kaum eine zweite im Lande aufzuweisen hat.
Aus dem Schlossgarten, der ursprünglich nach französischem Geschmack angelegt wurde, entstand im Jahr 1829 durch die Verbindung mit den angrenzenden Auen und Wiesen der rund 60 ha große Schlosspark. Die herrliche Anlage wurde vom Kunstgärtner Christoph Lübeck geschaffen und gilt als ein Muster landschaftlicher Gartenkunst.

Teile der mittelalterlichen Stadtmauer und der Stadtgraben umschließen auch heute noch die Innenstadt

Foto Helmreich

Stadtmauer

Die Errichtung der Ringmauer mit den vier Stadttoren und dem Stadtgraben erfolgte um 12[illegible]0. Durch vier Tore konnte man in die Stadt gelangen: im Norden durch das Hainburger-, im Süden durch das Kirchen-, im Westen durch das Wiener- und im Osten durch das Ungartor. Sie wurden im 19. Jahrhundert abgebrochen. Teile der noch gut erhaltenen mittelalterlichen Stadtmauer mit Pechnase, Pulverturm, Wienerturm und Ungarturm und der Stadtgraben umschließen auch heute noch die Innenstadt. Die Pechnase stellt eine Besonderheit dar. Sie ist ein mit einer Ecke nach außen gestellter Schalenturm und besitzt eigens angefertigte Schießscharten, die wie ein auf den Kopf gestelltes Schlüsselloch aussehen. Der Ungarturm beherbergt heute das Stadtmuseum.

Mariensäule: Am südlichen Teil des Hauptplatzes wurde die wunderschöne Säule im Jahr 17[illegible]7 errichtet. Ein mächtiger Sockel aus Kalksandstein erhebt sich auf mehreren Stufen und trägt an den vier Ecken je eine Engelsgestalt. Aus der Mitte des Sockels steigt eine schlanke Säule auf, die mit Wolken und Engelsköpfen verziert ist. Auf dem oberen Säulenende liegt eine Erdkugel, auf der eine figürliche Darstellung der Maria Immaculata steht.

Dreifaltigkeits- oder Pestsäule: Die Gedenksäule der Heiligen Dreifaltigkeit am Hauptplatz wurde 1693 zur Danksagung für die glückliche Bewahrung der Stadt vor der Zerstörung und Verbrennung durch die Türken im Jahr 1683 und für die Abwendung der Pest 1691 errichtet. Sie ist ähnlich der Mariensäule ausgeführt, nur der untere Sockel ist etwas reicher gegliedert.

Florianibrunnen: Der Brunnen am Hauptplatz, der dem heiligen Florian gwidmet ist, diente durch Jahrhunderte als Wasserreservoir für die Feuerwehr. Aus der Mitte des Wasserbeckens erhebt sich eine Sandsteinsäule mit vier wasserspeienden Köpfen. Über diesen befindet sich der hl. Florian mit einer Metallfahne.

Mariensäule in der Altstadt: Aus einem mächtigen Kalksandsteinsockel mit vier lebensgroßen Figuren erhebt sich die barocke Säule mit einer figürlichen Darstellung der heiligen Maria Immaculata (1713).

Nepomukstatue: Auf einem Sockel steht die hohe barocke Sandsteinstatue des heiligen Nepomuk. Sie befand sich früher zwischen der Höfleiner und der Fischamender Straße und wurde 1871 an den heutigen Platz, der Lagerstraße, am Beginn der Leithabrücke verlegt.

Nepomukstatue im Leithapark: Auf einem barocken Sockel aus Sandstein steht die Statue des Brückenheiligen (1698)

Bäckerkreuz (Brezenkreuz): Die Kalksandsteinsäule an der Bundesstraße zeigt am Schaft reliefartig eine herausgemeißelte Brezel (1672).

Richtstätte: Auf einer hohen Vierkantsäule aus Kalksandstein befindet sich ein offenes Tabernakel mit vier Reliefbildern. Ein Satteldach mit Eisenkreuz schließt die Säule ab. Diese Denksäule in der Höfleinerstraße war die letzte Betstation auf dem Weg zur Richtstätte am Alten Hainburgerweg (1626).

Wilfleinsdorf

Pfarrkirche

Die romanische Kirche ist den Heiligen Petrus und Paulus geweiht. Der älteste Teil ist die Sakristei mit schwerem Kreuzrippengewölbe. An dieser war in altgotischer Form in einer Rundung die Kirche angebaut. Von 1717 bis 1718 wurde die Pfarrkirche in ihrer heutigen Form mit einem Turm errichtet, der im Jahr 1737 ausgebaut und erhöht wurde.

Rotes Kreuz: Auf der Landstraße nach Bruck steht das „Rote Kreuz" (1735), das von vier Linden umgeben war. 1796 wurde es erneuert. Seit 1951 steht das „Rote Kreuz" unter Denkmalschutz.

Marienstatue: Vor dem im Jahr 1923 errichteten Kriegerdenkmal steht eine Muttergottesstatue. Bis 1855 befand sie sich beim Mauthaus in der heutigen Königshoferstraße. Dort dürfte sie auch als Lichtsäule verwendet worden sein, da heute noch in halber Säulenhöhe eine kleine Laterne angebracht ist. Nach der Fertigstellung der Straße von Bruck in Richtung Wiener Neustadt wurde sie an ihrem jetzigen Standort aufgestellt und 1855 neu eingeweiht. Alter und Herkunft der Säule sind nicht bekannt; die drei Jahreszahlen 1813, 1830 und 1855 dürften auf Renovierungsarbeiten hinweisen.

Hl. Johannes Nepomuk: Die Statue steht am Rande des Aubachgrabens, an der Kreuzung mehrerer Güterwege. Entstanden soll sie nach 1683 sein. Seit der Renovierung 1992 findet jedes Jahr zu den Bitttagen eine von der Kirche ausgehende Bittprozession mit Flursegnung dorthin statt.

Willkommen in Bruck an der Leitha

Einwohner:	*7.400*	*Bruck: 6.376,*	*Wilfleinsdorf: 1.024*
Fläche:	*2.369 ha*	*Bruck: 1.558 ha,*	*Wilfleinsdorf: 811 ha*
Seehöhe:	*157 m*		

Vor den Toren Wiens und nur 13 km vom Neusiedler See entfernt liegt die Bezirkshauptstadt Bruck an der Leitha. Eingebettet in eine abwechslungsreiche Naturlandschaft, malerisch gelegen zwischen ausgedehnten Weingärten, grünen Wäldern und den sanften Hügeln des Leithagebirges, vereint die Stadt in liebenswürdiger Weise alte Geschichte mit den Annehmlichkeiten einer modernen Kleinstadt. Bruck an der Leitha bietet neben einem faszinierenden kulturellen Spektrum und beeindruckenden Sehenswürdigkeiten zeitgemäße Unterhaltung sowie vielfältige Einkaufs- und Freizeitmöglichkeiten. Der historische Stadtkern zeugt von einer stolzen Vergangenheit. Die Stadtmauer mit ihren Wehrtürmen zählt zu den besterhaltenen Ostösterreichs. Hoch ragt der um die Jahrtausendwende errichtete Stadtturm, der heutige Kirchturm, über die Dächer hinaus und bestimmt mit den herrlich renovierten, historischen Bauwerken das Stadtbild. Stadtmuseum, Bauernmuseum, Vogelmuseum und Pfarrmuseum zeigen anhand von frühgeschichtlichen Funden und beeindruckenden Exponaten verschiedener Zeitepochen die geschichtliche und kulturelle Entwicklung unserer Stadt.

Zunftbaum *Foto Helmreich*

Bruck an der Leitha gehört zum Weinbaugebiet Carnuntum - jenem Gebiet östlich von Wien und südlich der Donau. Steinige Kalk- und Lößböden gemeinsam mit dem panonnischen Mikroklima bieten ideale Voraussetzungen für den Weinbau. Elegante Weißweine und gehaltvolle, kräftige Rotweine zeichnen die Region aus. Hier lässt sich die reiche Tradition der Weinkultur an der alten Römerstraße erkunden, viele Weinkeller laden zur Verkostung von Spezialitäten der umliegenden Weinberge ein. Wein-

Stadtgemeinde Bruck a.d. Leitha:
Tel.: 02162/62354-0, Fax: 02162/62354-25
e-mail: stadt@bruckleitha.at
www.bruckleitha.at
Tourismusbüro Bruck a.d. Leitha:
Tel.: 02162/62221, Fax: 02162/62221
e-mail: tourismus@bruckleitha.at

plaudereien und Weinseminare für Laien und Kenner führen in die Geschichte und Herstellung des Weines ein. Bei geführten Weingartenwanderungen lernt man die Gegend und die Weinbauern besser kennen.
In Bruck an der Leitha ist immer etwas los. Bereits frühmorgens kann man das bunte Treiben auf dem Hauptplatz beim täglichen Gemüse- und Blumenmarkt erleben. Die Fußgängerzone mit den vielen Geschäftslokalen bietet sich zum Einkaufsbummel an, die köstlichen Konditoreien laden zu einem Kaffeeplausch ein, die gemütlichen Restaurants und urigen Landgasthäuser verwöhnen mit vorzüglichen Gerichten der regionalen Küche.
In Bruck an der Leitha hat Kultur immer Saison. Ob Konzerte, Theateraufführungen oder Lesungen - von heimischen Künstlern bis zu Gastauftritten internationaler Stars - das im Jugendstil errichtete und modern ausgebaute Stadttheater bietet dafür den geeigneten Rahmen. Der Wienerturm - einer der vier Wehrtürme - wurde als „Kunstturm" adaptiert und gibt Ausstellungen jeder Art ein einzigartiges Ambiente. Das kulturelle Leben in unserer Stadt wird vor allem durch viele engagierte Vereine und die Musikschule gestaltet. Sie zeichnen gemeinsam dafür verantwortlich, dass Theateraufführungen und Konzerte - von Klassik bis Jazz und Rock -, Theaterworkshops, Sportstadtfest, Kürbisfest, Gasslfest, Weinherbstfeste, Brucker Fasching und Altstadtfest für einen ausgefüllten Veranstaltungskalender sorgen. Die Brucker Blasmusikkapelle und der Gesangverein umrahmen nicht nur viele Veranstaltungen, sie tragen vor allem Tradition in die heutige Zeit. Eines der wichtigsten kulturellen Ereignisse bildet das Musicalfestival, das seit 1999 in den Sommermonaten stattfindet. Bekannte Musicals mit internationaler Besetzung werden als Open Air Veranstaltungen im Schlosshof von Schloss Prugg aufgeführt.

Der „Kunstturm" gibt Ausstellungen jeder Art.

Foto Helmreich

Musicalfestival im Schlosshof von Schloss Prugg

Das Schloss selbst wird von einer herrlichen Parkanlage umgeben. Angelegt als Barockgarten, wurde das weitläufige Gelände Ende des 18. Jahrhunderts nach englischem Vorbild zu einem Landschaftsgarten umgestaltet und gilt heute als einer der bedeutendsten Parks Mitteleuropas. Exotische Prachtexemplare alter Einzelbäume (jahrhundertealte knorrige Eichen, riesige schlitzblättrige Buchen, Sumpfzypressen, malerische Hängehainbuchen sowie äußerst seltene, alte orientalische Platanen) stehen neben heimischen Gehölzen, weite blumenreiche Wiesenflächen wechseln mit dunklen, geheimnisvollen Waldpfaden, zahlreiche verschlungene Seitenarme der Leitha durchziehen den Park. Der in den letzten Jahren revitalisierte Park bietet Spaziergängern, Joggern und Radfahrern gleichermaßen Erholung. Verträumte Ruheplätze laden zur Rast ein, wo man auch den Stimmen einer einzigartigen Vogelwelt lauschen kann.
Den Mittelpunkt des Freizeitzentrums, das unmittelbar an den Harrachpark angrenzt, bildet das idyllisch gelegene Parkbad, das keine Wünsche offen lässt. Solar vorgeheiztes Schwimmbecken mit Wasserrutsche, Strömungskanal, Sprudel-, Massage-, Sport- und Kinderbecken, Spielplatz und Liegewiese sorgen für Entspannung und Spaß für die ganze Familie. Beachvolleyball und Basketball können auf dem angrenzenden Platz gespielt werden, eine neuerrichtete Skaterbahn steht Sportbegeisterten zur Verfügung.
Auch auf dem Rücken der Pferde lässt sich die malerische Landschaft genießen. Der seit einigen Jahren in Bruck a. d. Leitha ansässige Lipizzanerhof ermöglicht das Reiten auf diesen prachtvollen Pferden. Man kann die Lipizzaner aus nächster Nähe in ihren an das Schloss Harrach angrenzenden Stallungen und auf der Weide bewundern. Bei speziellen Führungen erfährt man Interessantes über die Geschichte, Rassen und Zuchtziele der edlen Tiere, die in dieser Konzentration nur in der Hof-

Foto Helmreich

Foto: G. Böhm

Foto Helmreich

Foto Helmreich

reitschule in Wien und im Bundesgestüt Piber anzutreffen sind. Viele Rad- und Feldwege laden dazu ein, durch herrliche Weingärten, wogende Felder und sanfte Hügel die Umgebung unserer Stadt zu erkunden; der Römer-Radwanderweg und der Marc-Aurel-Radwanderweg führen zur Donau und zum Neusiedler See.

Romantisch präsentieren sich die Leithaauen. Als Bindeglied zwischen den Donauauen und dem Nationalpark Neusiedler See-Seewinkel bietet diese einzigartige Landschaft mit ihren Sumpfgebieten einer Vielzahl heimischer Pflanzen- und Tierarten einen geschützten Lebensraum.

Westlich von Bruck an der Leitha, auf dem Höhenrücken des Riedes Ragental, steht der leistungsstärkste Windpark Österreichs, der über eine einzigartige Touristenattraktion verfügt. Bei einer der fünf Windkraftanlagen gelangt man über eine innenliegende Wendeltreppe auf 60 m Höhe zu einer vollständig verglasten Panoramaplattform, die einen unbeschreiblichen Ausblick über unsere Stadt und weithin über das Wiener Becken ermöglicht. Bei den Führungen erfährt man alles Wissenswerte über dieses Projekt, Technik und Windmessung sowie über die Nutzung alternativer Energiequellen.

Foto: M. Huber

Marktgemeinde Trautmannsdorf an der Leitha

„Ein blauer Schild, in dessen Grunde eine silberne gequaderte einjochige Brücke sich befindet, über der drei goldene Kronen, zwei zu eins gestellt, schweben."

Geschichte und Entwicklung

Das Gemeindegebiet von Trautmannsdorf war schon früh von Menschen besiedelt. So kamen ein Steinbeil aus der Jüngeren Steinzeit sowie Keramikscherben aus der Hallstattzeit zutage. Obwohl der heutige Bezirk Bruck a. d. Leitha in der Römerzeit relativ dicht besiedelt war, konnte in Trautmannsdorf bisher noch keine römerzeitliche Siedlung entdeckt werden; allerdings sollen bei der Neugestaltung des Schloßparks 1820 antike Ziegelsteine, Gefäße, Münzen und auch Inschriften gefunden worden sein; weitere Grabungen wurden bisher nicht versucht. Ein römisches Bauwerk dürfte aber von den späteren Siedlern benützt und jahrhundertelang instandgehalten worden sein: die Leithabrücke.

Bei der Besiedelung unserer Gegend unter den ersten Babenbergern um das Jahr 1050 durch deutsche Franken wurde Trautmannsdorf als Grenzfestung gegen Ungarn gegründet. Der Ursprung von Trautmannsdorf selbst liegt im Dunkeln. Als Besitzer der Burg scheinen urkundlich von 1162 bis 1426 die Stuchsen auf. Das Marktrecht wurde der Siedlung, die sich im Laufe der Jahrhunderte an der Leitha und um die Burg entwickelte, bereits um 1400 verliehen. Von 1428 bis 1442 soll Elisabeth, die Witwe Albrechts II., Trautmannsdorf als Erbe besessen haben. Nach ihrem Tode war Trautmannsdorf landesfürstlicher Besitz der Habsburger und wurde von Kaiser Friedrich IV. 1463 dem Freiherrn Ulrich von Grafenegg als Lehen übertragen. Im Jahr 1477 eroberte der ungarische König Mathias Corvinus die Festung, und sie blieb in dessen Besitz bis 1490. Danach wurde die Herrschaft Trautmannsdorf dem St. Georgs-Ritterorden zu Mühlstet in Kärnten übertragen. 1545 wurden Dorf und Burg Porz der Herrschaft einverleibt, die sich jedoch bereits im Verfall befunden haben dürften, da sie von den Türken arg in Mitleidenschaft gezogen worden waren. Da Trautmannsdorf weitgehend verschont geblieben war und sich die Bevölkerungsverluste in Grenzen hielten, wurden hier im Gegensatz zu den anderen Dörfern der Umgebung keine Kroaten angesiedelt. Aber auch in Sarasdorf und Stixneusiedl blieb der gesamte Haus- und Grundbesitz in den Händen der deutschsprachigen Bevölkerung.

Nachdem der St. Georgs Orden unter Maximilian II. erlosch, war Erzherzog Karl von Inner-Österreich Besitzer von Trautmannsdorf. Im Jahr 1576 verkaufte dieser die Herrschaft an Pankratz Freiherrn von Windischgrätz. In dieser Familie verblieb Trautmannsdorf durch 180 Jahre.
Im Zuge der Türkeninvasion des Jahres 1683 konnte sich die starke Feste glänzend bewähren, während die Dörfer der Umgebung durchwegs schwerst in Mitleidenschaft gezogen wurden. In den Kuruzzenkriegen von 1704-1709 hatte der Ort eine neuerliche Bewährungsprobe zu bestehen. In den folgenden Jahrzehnten verlagerte sich das Kriegsgeschehen an die Grenzen des habsburgischen Großreiches, sodass die Feste Trautmannsdorf ihre strategische Bedeutung verlor. 1756 kam der Ort durch Kauf an die jetzigen Besitzer, die Familie Fürst Batthyány-Strattmann, die zu Beginn des 19. Jahrhunderts die Schlossanlage errichten ließ.
Die Burg Trautmannsdorf war stark befestigt und wie der Ort von einem Wassergraben umgeben, der als sogenannter „Marktgraben“ heute noch teilweise erhalten ist.
Nach der Pest, die im 18. Jahrhundert allmählich zurückgedrängt werden konnte, trat im 19. Jahrhundert eine weitere tödliche Seuche auf - die Cholera. Während der Revolution von 1848 verweigerte die Ortsbevölkerung der Herrschaft Abgaben und Dienstleistungen, zu einer aktiven Beteiligung am Revolutionsgeschehen kam es jedoch nicht. 1849 diente das Schloss als Militärspital für die bei Kämpfen in Ungarn verwundeten Soldaten. Die Not während des Ersten Weltkrieges bekam die Ortsbevölkerung bald zu spüren, ebenso die politischen und wirtschaftlichen Spannungen der Zwischenkriegszeit. Während des Zweiten Weltkrieges wurden bereits 1940 französische Kriegsgefangene zu Arbeiten auf den Bauernhöfen und zur Erweiterung der Bahnanlagen in den Ort gebracht. In den letzten Wochen vor Kriegsende zogen Flüchtlinge verschiedenster Volkszugehörigkeit durch den Ort. Danach folgte die schwere Zeit der russischen Besatzung.
Mit Beginn des Jahres 1968 trat die Gemeindezusammenlegung mit Sarasdorf in Kraft, die 1972 mit den beiden Orten Gallbrunn und Stixneusiedl erweitert wurde.

Das Schloss Trautmannsdorf ist heute in Privatbesitz

Sarasdorf

Die Geschichte von Sarasdorf ist von jeher sehr eng mit der Herrschaft und Pfarre Trautmannsdorf verbunden. Der Ort ist zwar einwohnermäßig der kleinste der Katastralgemeinden, sicherlich aber der älteste Teil der Großgemeinde: In einer Schenkungsurkunde von 1044 erfolgte die erste schriftliche Erwähnung unter dem Ortsnamen „Sarach“ (Sumpf). Am 16. Juli 1515 stand der Ort im Mittelpunkt des damaligen Geschehens; damals traf sich der Habsburger Maximilian I., Römisch-

Deutscher Kaiser, mit den Jagellonen Ladislaus II., König von Böhmen und Ungarn, und Sigismund I., König von Polen, auf hiesigem Gebiet zum Zwecke des Abschlusses eines Bündnis- und Ehevertrages zwischen diesen Herrscherhäusern. Dieser Vertrag war, wie sich bald herausstellte, schließlich der Grundstein des Aufstieges des Hauses Habsburg zur Weltmacht. Das Denkmal „Zu den drei Rüsten“ unmittelbar neben der B 10 erinnert an das historische Treffen.

Stixneusiedl

Stixneusiedl (Siedlung der Stuchsen) wurde 1335 erstmals erwähnt. Wie schon bei Sarasdorf, war der geschichtliche Werdegang dieses Weinbauortes eng mit der Herrschaft Trautmannsdorf verbunden, viele gemeinsame Erfahrungen und Beziehungen zeugen noch heute von der gemeinsamen Vergangenheit.

Gallbrunn

Gallbrunn (Galle - Sumpf, Moor) wird 1192 urkundlich erstmals erwähnt, war aber in seiner wechselvollen Geschichte grundherrschaftlich immer stark zersplittert. Lange Zeit gehörte es zur Herrschaft Petronell, ab 1767 dann zu Trautmannsdorf.

Kulturbauten und Sehenswürdigkeiten

Trautmannsdorf: Die Pfarrkirche wurde in der heutigen Form um 1719 erbaut, das Presbyterium der alten gotischen Kirche blieb als Seitenkapelle erhalten und dient seit altersher der Familie Windisch-Graetz als Begräbnisstätte.

Sarasdorf: Die einfache Dorfkirche wurde nach 1790 nach einem Brand neu errichtet und 1875 mit dem Hochaltar der Wiener Augustinerkirche ausgestattet. An diesem Altar wurden Kaiser Franz Joseph und Elisabeth getraut.

Stixneusiedl: Durch eine sehenswerte Barockstiege erreicht man die inmitten der Weinberge erbaute barocke Kirche mit dem aus dem 18. Jahrhundert stammenden Ostturm. Der rotmarmorne Hochaltar mit dem berühmten Bild des hl. Michael ("Der Engelsturz", 1708) von Johann Michael Rothmayr wurde mitsamt der Grabplatte des Sebastian Leberwurst (1642) im Jahre 1885 aus der Wiener Stephanskirche hierher übertragen.

Gallbrunn: Als Pfarre war Gallbrunn bis 1783 Filialort von Margarethen am Moos, bzw. hatte lange Zeit überhaupt keine eigene Kirche. Der heutige Kirchenbau wurde Anfang des 18. Jhdt. errichtet und 1773 erweitert. Der steinerne Turm stammt aus dieser Zeit.

Sarasdorf

Stixneusiedl

Willkommen in Trautmannsdorf

Einwohner:	*2.643 (+513 Zweitwohnssitze), davon:*	*Trautmannsdorf:*	*895 (+247)*
		Stixneusiedl:	*506 (+ 75)*
Fläche:	*945 ha*	*Sarasdorf:*	*526 (+ 85)*
Seehöhe:	*154 m*	*Gallbrunn:*	*715 (+106)*

Trautmannsdorf ist der Hauptort der gleichnamigen Marktgemeinde und Sitz der Gemeindeverwaltung. Trotz reger Siedlungstätigkeit in den letzten Jahren hat sich der ursprüngliche Siedlungsgrundriss bis in die heutige Zeit erhalten. Das an der Westausfahrt gelegene barocke Markttor zeugt noch heute von der damaligen Entwicklung. Wirtschaftlich wird heute Trautmannsdorf vor allem durch die Landwirtschaft und durch einige Gewerbe- und Handelsbetriebe geprägt. Das „Alte Gemeindegasthaus“ bietet Gemütlichkeit und Gastlichkeit. Liebhabern alter Handwerkskunst bietet sich die Gelegenheit zum Besuch des größten Bauernmuseums der Region.

Sarasdorf ist ein lieblicher Ort, der vor allem in den Sommermonaten durch eine liebevolle Ortsbildgestaltung auffällt. Die jährliche Teilnahme am Blumenschmuckwettbewerb brachte Anerkennung und Auszeichnungen. Viele der landwirtschaftlichen Betriebe betreiben hier auch Weinbau. An der Bundesstraße befinden sich zwei ständig geöffnete Heurigenbetriebe, im

Noch heute erinnert das Denkmal „Zu den drei Rüsten“ in Sarasdorf an das historische Treffen von 1515.

Ortsgebiet selbst sind es derer vier, die alternierend geöffnet haben. Handel und Gewerbe sind in Sarasdorf mit einigen namhaften Betrieben vertreten.
Charakteristische Bauernhöfe alten Stils mit Rundbogen-Toreinfahrten, Gewölbsteinzeichen und Inschriften prägen noch heute das Ortsbild von **Stixneusiedl**. Für Erholungssuchende und Freunde alter und gepflegter Weinkultur ist Stixneusiedl ein Geheimtipp. Zwei romantische Kellergassen mit ihren alten Weinkellern dokumentieren eindrucksvoll die historische Bedeutung des Weinbaues für den Ort. Zusätzlich bieten zahlreiche Buschenschenken den Besuchern ganzjährig Stärkung und Gemütlichkeit. Sehenswerte Gebäude, wie z. B. der aus dem Jahr 1742 stammende Herrschaftskeller laden zum Verweilen ein. Ein gut geführtes Gasthaus mit Kegelbahn ergänzt die örtliche Gastlichkeit.
Gallbrunn ist heute ein ausgesprochenes Straßendorf, dessen Zentrum die Hauptstraße bildet. Sofort fallen dem Besucher das von der Bevölkerung und von der Gemeinde liebevoll gepflegte Ortsbild und der Blumenschmuck auf. Die Lage an den südlichen Hängen des Arbesthaler Hügellandes und der B 10 förderte die Landwirtschaft, zum Teil aber auch den Weinbau. Darüber hinaus haben sich hier, nicht zuletzt durch die Schaffung eines ausgedehnten Industriegebietes, eine Reihe namhafter Gewerbe-, Handels- und Industriebetriebe ange-

Zwei romantische Kellergassen in Stixneusiedl dokumentieren eindrucksvoll die Bedeutung des Weinbaues.

Das barocke Markttor an der Westausfahrt von Trautmannsdorf zeugt von der Geschichte des Ortes.

siedelt. Zwei Gastronomiebetriebe sorgen für eine moderne und auch gutbürgerliche Küche. Ein dem internationalen Standard entsprechender Hotel- und Restaurantbetrieb machte Gallbrunn weit über die Grenzen Österreichs hinaus bekannt.

Wander- und Radwege in die Hügellandschaft des Arbesthaler Hügellandes mit seinen Fluren und Weingärten oder zu den Leithaauen erschließen das malerische Gebiet und ermöglichen wunderschöne Ausflüge in die Natur. Von den Anhöhen aus hat man nicht nur einen herrlichen Ausblick auf die Ortschaften selbst, man blickt auch weit ins Wiener Becken oder, gegen Norden gerichtet, in die bewaldete Donaulandschaft. Radbegeisterte Naturliebhaber finden gut beschilderte Strecken, die Anbindung der Radwege ist sowohl zu den regionalen als auch internationalen Strecken gegeben. Das sanfte Landschaftsprofil bietet sich ganz besonders für Familientouren an.

Ein gut ausgebautes Straßennetz verbindet die Orte mit den umliegenden Gemeinden bis Wien. Über die B 10 und durch die Bahnlinie Wien-Budapest ist auch eine internationale Anbindung gegeben.

Gemeindeamt Trautmannsdorf a.d. Leitha
Tel.: 02169/2246 u. 2530
Fax: 02169/2246-13
e-mail: trautmannsdorf.amtsleiter@netway.at
www.trautmannsdorf.at

Gallbrunn

Gemeinde Göttlesbrunn-Arbesthal

„In einem von Gold auf Schwarz gespaltenen Schild über zwei des Schildes Fuß durchziehenden Wellenbalken in gewechselten Farben, vorne ein schwarzer aufrechter Wolf, hinten ein goldener Weinstock mit Blatt und Früchten."

Geschichte und Entwicklung

Auf eine bereits in der Steinzeit erfolgte Besiedelung des heutigen Göttlesbrunn weisen neolithische Fundstücke hin, die in die Zeit von ca. 3000 v. Chr. datiert wurden. Aus einem Grab der frühen Bronzezeit (2000 v. Chr.) konnten ein Doppelhenkelgefäß, Tongefäße und -scherben sowie diverse Bronzespiralen geborgen werden. Aus keltischer und römischer Zeit stammen mehrere Plattengräber, die zumeist bei Ackerarbeiten zutage gekommen waren, ebenso ein mittelalterlicher Schatzfund - ein vergrabener Topf mit an die 4000 Stück Silber- und Goldmünzen.

Weinbaudenkmal in Göttlesbrunn

Zur Zeit Karl des Großen kamen deutsche Bauern ins Land, die Rodungen vornahmen und begannen, Kulturland zu schaffen. Diese erste Besiedlungs- und gleichzeitig auch Christianisierungszeit fand mit der vernichtenden Niederlage des bayerischen Heeres gegen die Ungarn im Jahr 907 ein jähes Ende. Erst 955, nachdem die Ungarn bei der Schlacht auf dem Lechfeld endgültig besiegt worden waren, wurden die Besitztitel der Karolingerzeit unverzüglich wieder aufgenommen.

Im Jahr 1083 scheint der frühere Name von **Arbesthal** „Arawezital" zum ersten Mal in einer Urkunde auf.
Die erste urkundliche Erwähnung von **Göttlesbrunn** stammt aus dem Jahr 1239, jedoch dürfte die Gründung des Ortes viel früher erfolgt sein. Da man bei Neusiedlungen Gebiete suchte, wo es Quellen gab, spielte die heute noch bekannte Quelle Jägerbründl für die Ortsentstehung eine große Rolle. Dieser Umstand ist auch aus der Entstehung des Ortsnamens ersichtlich: „Gotinsprun" (bis 1239), „Gotesprune", „Goteinsprun", „Gödelsprunn" und

schließlich ab 1675 „Göttlesbrunn". Im Mittelalter tauchen die „Ritter von Götespruner" auf, die in der späteren Ortsgeschichte immer wieder aufscheinen.
Um 1329 gehörte ein Teil des Ortes zur Herrschaft der Brüder von Stadeck, die später in der Grafschaft von Rohrau aufgehen sollte, welche in der Folgezeit das Schicksal von Göttlesbrunn wesentlich prägte. Über einen Teil des Ortes sowie über Arbesthal übte das Stift Göttweig seine Lehensgrundherrschaft aus. Von 1524 bis zur Bauernbefreiung von 1848 blieb der Ort mit der Familie der Ritter von Harrach verknüpft. In der Reformationszeit blieb Göttlesbrunn interessanterweise katholisch, während Arbesthal - von Trautmannsdorf aus reformiert - bis 1584 evangelisch war. Im Laufe der 1. Türkenbelagerung (1529), vor allem aber während des Rückzuges, wurden Göttlesbrunn und Arbesthal verwüstet; die Bewohner flüchteten, sofern möglich, in Verstecke oder in den Wald, wo sie den Rückzug abwarteten. Noch heute heißt ein solcher Waldteil aus alter Überlieferung „Zitterdörfl". Kaum waren die Schrecken des Türkeneinbruchs überwunden, kam es 1575 zum Ausbruch der Pest. In der Folge war die Bevölkerung immer wieder Militäreinquartierungen und Requirierungen ausgesetzt. 1602 brannten Soldaten den Ort mehr als zur Hälfte nieder; 1606 wurde die Bevölkerung von den aufständischen Scharen des Siebenbürgerfürsten Bocskay geplündert. Kaum hatten sich die geplagten Orte einigermaßen erholt, fiel 1621 Bethlen Gabor in Niederösterreich ein. Göttlesbrunn wurde dabei mit Ausnahme der Kirche zur Gänze niedergebrannt. Das gleiche Schicksal ereilte die beiden Ortschaften während des 2. Türkenzuges von 1683. Mit dem Einbruch der Kuruzzen 1705 wurden Göttlesbrunn und Arbesthal abermals verwüstet und viele Bewohner getötet. Der anschließende Wiederaufbau war jetzt nur mehr mit Hilfe

der Grundherrschaft möglich. 1805 wurde der gesamte Bezirk Bruck von napoleonischen Truppen besetzt. Unsere Vorfahren mussten der französischen Armee Lebensmittel und vieles Andere liefern, doch blieben die Schäden und Lasten der Besetzung erträglich; erst 1809 kam es zu hemmungslosen Plünderungen. 1831 brach erstmals die Cholera über die geplagte Ortsbevölkerung herein.

Im Zuge der Revolution von 1848 kam es wieder zu zahlreichen Einquartierungen im Ort, ebenso im Krieg von 1866. Im Jahr 1885 erhielt Göttlesbrunn die Befugnisse eines Marktes.

Mit dem Ersten Weltkrieg und dem Zusammenbruch der Monarchie kehrte abermals materielle Not unter der Bevölkerung ein. Die 20-er und 30-er Jahre waren von einer schweren Wirtschaftskrise und politischen Unruhen überschattet. Auch nach dem Zweiten Weltkrieg war die österreichische Wirtschaft zerschlagen und konnte nur mit ausländischer Hilfe wieder aufgebaut werden.

Doch trotz dieser anfänglich tristen Situation ließen es die Menschen von Göttlesbrunn und Arbesthal an Initiative und Einsatz nicht fehlen. Überall wurde aufgebaut, neue Häuser wurden geschaffen, und es zog ein gewisser Wohlstand ein. Die fortschreitende Technisierung bewirkte eine bedeutende Steigerung der Erträge im Feldbau und brachte im Weinbau einen Aufschwung, den man sich Jahre zuvor nicht hätte vorstellen können. Der „Göttlesbrunner Wein" machte den Namen des Ortes zu einem Begriff.

Pfarrkirche in Arbesthal

Pfarrkirche in Göttlesbrunn

Kulturbauten und Sehenswürdigkeiten

Pfarrkirche in Göttlesbrunn

Bereits 1248 wird in einer Urkunde eine Kirche in Göttlesbrunn erwähnt, die den hl. Aposteln Philippus und Jakobus geweiht war. Diese beiden Heiligen sind auch die Kirchenpatrone der heutigen Pfarrkirche. Ihr Standort ist der selbe wie der des alten Gotteshauses. Der ältesten Teil des heutigen Baues, das romanische Kirchenschiff, wurde im 14. Jahrhundert errichtet. Durch Brände, Plünderungen und Kriege wurde die Kirche mehrmals arg in Mitleidenschaft gezogen und durch Umbauten stark verändert. Für das Altarkreuz schuf der Südtiroler Pepi Rifesser im Jahr 1988 eine moderne Christusfigur.

Pfarrkirche in Arbesthal

Der jetzige Bau der Arbesthaler Kirche stammt aus dem 18. Jahrhundert und ist dem hl. Johannes dem Täufer geweiht. Die ehemalige Wehrkirche steht steht auf einem künstlich errichteten Hügel und wurde zur Verteidigung gegen die Türken und Kuruzzen mit einer starken Wehrmauer umgeben. Das Altarbild des barocken Hochaltars stammt aus der Schule von Daniel Gran und stellt die Taufe Christi dar.
Neben dem Eingang des Friedhofes befindet sich der **Karner**. 1968 wurde bei Renovierungsarbeiten unter dem Gewölbe eine große Anzahl von Menschenknochen entdeckt. Im linken Torpfeiler des Friedhofstores befindet sich der **Entschärferstein**. Die Besucher der Kirche sollen an diesem Stein ihre Waffen, vor allem die Dolche, „entschärft“ haben. Mit dieser Geste wollten sie ihre friedlichen Absichten zum Ausdruck bringen.

Willkommen in Göttlesbrunn - Arbesthal

Einwohner: *1.313*
Fläche: *2.618 ha*
Seehöhe: *171 m*

Vor den Toren Wiens, eingebettet in die Ausläufer des Arbesthaler Hügellandes, schmiegen sich die beiden Weinorte **Göttlesbrunn** und **Arbesthal** reizvoll in die liebliche Landschaft.

Weithin dehnen sich Weingärten, Felder, Wiesen und naturbelassene Wälder und laden dazu ein, die herrliche Umgebung zu allen Jahreszeiten zu erkunden.
Auf ausgedehnten Wanderungen und Radtouren bezaubert im Frühling das Blütenmeer der Obstbäume ebenso wie die herbstliche Stimmung zur Zeit der Weinlese.
Die jahrhundertealte Tradition des Weinbaues hat hier eine einmalige „Kultur der edlen Tropfen" entstehen lassen. Der gute Boden, das sonnenreiche Klima sowie das Können und die Sorgfalt unserer Winzer ermöglichen den Ausbau hervorragender Weine, die bei nationalen und internationalen Bewerbungen immer wieder höchste Prämierungen erzielen. Darüber hinaus bieten zahlreiche Buschenschenken Weine aus eigenem Anbau zu einer zünftigen Jause an. Doch auch die Gastrono-

miebetriebe in unserer Gemeinde stellen ihre Gäste mit einer ausgesprochen guten Küche zufrieden. Das Dorfleben in Göttlesbrunn und Arbesthal ist durch ein reges Vereinsleben geprägt, das die örtliche Tradition belebt und für viele Feste und Veranstaltungen im Jahresreigen sorgt.

Die nahezu unberührte Natur am Schüttenberg bildet den Lebensraum für eine Vielfalt an Tier- und Pflanzenarten. An klaren Tagen bietet sich dem Besucher ein herrlicher Rundblick - auf die pannonischen Tiefebene, das Leithagebirge und den Schneeberg.

Kellergasse in Arbesthal

Gemeindeamt Göttlesbrunn-Arbesthal

Tel.: 02162/8276
Fax: 02162/8276-20
e-mail: gde.goeav@direkt.at
www.goettlesbrunn.com

Gemeinde Höflein
bei Bruck an der Leitha

„In einem blauen Schild unter einem silbernen, mit drei blauen Lilien belegten Schildeshaupt ein aus dem Schildesfuß wachsender silberner Kirchturm mit drei schwarzen gotischen Fenstern."

Geschichte und Entwicklung

Die Geschichte des alten Weinortes Höflein ist eng verbunden mit den Spuren antiker Kultur und jahrhundertealter Weinbautradition. Die ältesten nachweisbaren Besiedelungen des Gebietes führen zurück bis in die mittlere und spätere Jungsteinzeit. Entsprechende Funde wurden vor allem nordwestlich des Ortes, in der Flur Weidäcker und Haslergrund gemacht.

Auch die Römer hinterließen ihre Spuren. Auf dem Hügel des Kirchenberges befand sich einst ein Kastell; die heutige Friedhofsmauer folgt dem Verlauf der Römermauer, die das Kastell umgeben hatte. Weitere wertvolle archäologische Funde stellen ein römischer Gutshof mit einer noch gut erhaltenen Fußboden- und Wandheizung dar sowie die Reste eines Grabmals mit Sandsteinplatten, die einen mit Trauben behangenen Weinstock zeigen - ein Hinweis auf den frühen Weinbau im Gebiet!

Die älteste bekannte urkundliche Erwähnung des Ortes unter dem Namen „Hovilin" ist in der Stiftungsurkunde des Bischofs Altmann von Passau, dem Gründer des Stiftes Göttweig, vom 9. September 1083 angeführt. Die Urkunde bezeugt eine Schenkung Diepolds II. von Vohburg an das Benediktiner-Stift Göttweig.

Das 12. Jahrhundert war das Jahrhundert der Kreuzzüge, wobei die Heere die alte Limesstraße auf ihrem Weg ins Heilige Land benutzten. Im 13. Jahrhundert kam es bei den Ugarneinfällen zu einer Schlacht bei Höflein, bei der Herzog Friedrich II. der Streitbare, der letzte Babenberger, die Ungarn besiegte.

Beim Türkenansturm 1529 wurde auch Höflein arg in Mitleidenschaft genommen, die Ortschaft war verwüstet, die Felder verödet. Bei der Wiederbesiedelung spielten vor allem zugewanderte Kroaten eine Rolle, die den Ort wieder belebten und das dazugehörige Land bewirtschafteten. Neuerliche Rückschläge gab es zu Beginn des 17. Jahrhunderts, als Türken und Tartaren im Jahr 1605 die Gegend zwischen Fischa und Leitha durchstreiften und Höflein fast zur Gänze einäscherten. 1619 wurde der Ort von den Soldaten des ungarischen Rebellen Bethlen Gabor abermals in Brand gesteckt. Die Türken fielen in Höflein 1683 ein zweites Mal ein und zerstörten das Letzte, was geblieben war. Nach nur rund 20 Jahren Friedenszeit plünderten 1704 die Kuruzzen den Ort und brannten ihn nieder. In der Zeit der Franzosenkriege drang 1805 die Armee Napoleons bis in unsere Gegend vor; die Bevölkerung erlitt durch umfangreiche Requirierungen und Einquartierungen großen Schaden. Das Revolutionsjahr 1848 verlief im Vergleich zu früheren Auseinandersetzungen für Höflein relativ glimpflich.

Gemeindeamt

Im Ersten Weltkrieg war die Gegend um Höflein zwar nie Kampfgebiet, doch litt auch die Zivilbevölkerung sehr. Den Landwirten wurden die Ernten beschlagnahmt, und die Abwesenheit der Männer, die einberufen worden waren, bewirkte ein völliges Zusammenbrechen der Landwirtschaft. Auch im Zweiten Weltkrieg blieb die hiesige Bevölkerung weitgehend von Kampfhandlungen verschont, jedoch wurde in einem Akt sinnloser Zerstörung in den letzten Kriegstagen der Kirchturm umgeschossen, ehe die SS-Leute den Rückzug antraten. Nach Kriegsende trafen russische Truppen ein und verblieben hier für rund 10 Jahre.
Nach 1945 galt es, die ärgsten Schäden zu beseitigen. Die Wiedererrichtung der zerstörten Kirche wurde zum Symbol des Wiederaufbaues in Höflein. Bereits 1948 wurden der wiederhergestellte Turm und die neuen Glocken des Gotteshauses feierlich geweiht.

Römischer Gutshof

„Limeshalle“

Durch die tatkräftige Mithilfe der Ortbewohner wurde es möglich, viele der geplanten Projekte zum Ausbau der Infrastruktur zu verwirklichen und eine wichtige Grundlage für eine erfolgreiche Entwicklung des Ortes zu schaffen. Im Jahre 1983 wurde die 900 Jahr Feier begangen. Anlässlich der Feierlichkeiten wurde der Gemeinde Höflein obiges Wappen verliehen.
Die Infrastruktur wurde weiter ausgebaut und verbessert. In kurzer Zeit wurden die Volksschule mit der Veranstaltungshalle, der „Limeshalle“ (1994), der Kindergarten (2000), das Feuerwehrhaus (2001) und das Gemeindeamt (2002) erbaut, bzw. renoviert.

Kulturbauten und Sehenswürdigkeiten

Pfarrkirche hl. Ulrich

Die Kirche ist dem hl. Ulrich geweiht. Wann sie erbaut wurde, ist nicht bekannt, da keine Aufzeichnung darüber existieren. Teile der Kirche sind schon sehr alt, wie das romanische Kirchenschiff und der frühgotische Turm mit seinem achteckigen Aufsatz mit Pyramidenhelm und den Maßwerkfenstern. Hochaltar und Kanzel sind barock und stammen aus der Mitte des 18. Jahrhunderts. Das Innere der Kirche war früher viel reicher ausgestattet, das meiste wurde bei den Innenrenovierungen 1934 und 1962/63 entfernt.

Marienkapelle

Römischer Fund mit Traubenmotiv

Weinstock am Limes

Pfarrkirche hl. Ulrich

Die Darstellungen der vier Evangelisten in der Kuppel stammen vermutlich aus dem Jahr 1895 und wurden durch Leopold Tischler, einen bodenständiger Künstler aus Höflein, wieder hergestellt.

Marienkapelle: Im Norden des Ortes befindet sich die denkmalgeschützte Kapelle Hl. Maria. Die Vorderseite ziert ein geschwungener Giebel mit einer Nische, die von drei Engelsköpfen umgeben ist. Ein eingemauerter Inschriftenstein bezeichnet die Jahre 1416 und 1650. Ein rundbogiger Zugang führt zu dem apsidialen Innenraum. Darin befindet sich die Figurengruppe Pietà.

Willkommen in Höflein

Einwohner:	*1.149*
Fläche:	*2.236 ha*
Seehöhe:	*180 m*

Am Ostrand des Arbesthaler Hügellandes, zwischen Donau und Leitha, liegt Höflein, der größte Weinort der Region Carnuntum. Die jahrhundertealte Tradition des Weinbaues hat eine einmalige „Kultur des Genusses" entstehen lassen. In den umliegenden Weingärten gedeihen die Trauben zur Kelterung hervorragender Weine und geben Zeugnis vom Können der Höfleiner Winzer. Zahlreiche

Buschenschenken verwöhnen von Jänner bis Dezember mit edlen Tropfen und Schmankerln der Region aus bäuerlicher Produktion. Fünf Kellergassen mit ihren Presshäusern, die in ihrer schlichten Schönheit als geschlossene Ensembles erhalten wurden, laden zu Spaziergängen und Verkostungen ein. Reizvolle Höhenwege rund um den Ort bieten einen herrlichen Ausblick auf die sanfte Landschaft der Weinberge. Und wer der Sache mit dem Wein tiefer auf den Grund gehen möchte, kann sich auf dem ca. 1 km langen Weinlehrpfad genauestens informieren.

Wo der Wein gedeiht, ist auch die Geselligkeit zu Hause. In Höflein versteht man, Feste zu feiern - vom Erntedankfest über die beliebten Weintage und die Höfleiner Kirtage - bis zu folkloristischen Veranstaltungen und Tanzfesten. Die farbenprächtige Kulisse dafür bildet der Ort selbst. 1987 Sieger im Wettbewerb „Niederösterreich im Blumenschmuck" konnte Höflein 1989 sogar den begehrten Europapreis im Blumenschmuck, den „Grand-Prix-d'Excellence" im Europawettbewerb „Entente Floral" gewinnen. Mit viel persönlichem Engagement und Eigeninitiative der Bevölkerung wurde Höflein im wahrsten Sinne des Wortes zu einem blühenden Ort, die duftende Farbenpracht zu einem Markenzeichen der Gemeinde.

Höflein bietet viele Möglichkeiten zum Entspannen und für sportliche Aktivitäten. Auf markierten Rad- und Wanderwegen lässt sich der herrliche Ausblick ins Land genießen und so manches Zeugnis vergangener Zeiten in Ruhe betrachten.

Freizeiteinrichtungen wie die Tennisanlage in der Nähe des Sportplatzes stehen zur Verfügung, und ein schönes Freibad lädt zur Erfrischung ein.

In unmittelbarer Nähe Höfleins erwartet den Gast eine Entdeckungsreise durch eine faszinierende Welt entlang der Donau - der größte, weitgehend intakte Auwald Österreichs mit seiner einzigartigen Fauna und Flora. Der Nationalpark Donau-Auen stellt diese letzten geschlossenen naturnahen Flussauen Mitteleuropas unter strengen Schutz und sichert damit die Erhaltung dieses bemerkenswerten Artenreichtums einer urtümlichen Landschaft.

Gemeindeamt Höflein
Tel.: 02162/62553, Fax: 02162/62553-3
e-mail: gemeinde@hoeflein.gv.at
www.hoeflein.at

MARKTGEMEINDE ROHRAU

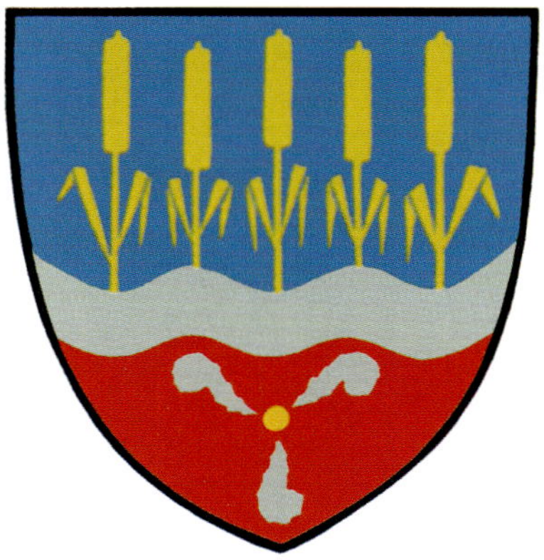

„Ein durch ein silbernes Wellenband quergeteilter Schild, der in seinem oberen blauen Feld fünf goldene Rohrkolben, in seinem unteren roten Feld eine goldene Kugel, besteckt mit drei silbernen Straußenfedern zeigt."
Die aus diesem Marktwappen abgeleiteten Farben der Marktfahne sind Blau-Weiß-Rot
Wappenverleihung am 16. August 1965

Geschichte und Entwicklung

Die Lage an der historischen Grenze - die Leitha war jahrhundertelang die Grenze gegen das ehemalige Königreich Ungarn - hat das Schicksal der Marktgemeinde Rohrau bzw. der Herrschaft Rohrau bestimmt. Von Rohr-Au, den rohrbewachsenen Leithaauen erhielt der Ort seinen Namen. Wann - das hüllt das Dunkel der Vergangenheit.
Schon im 11. Jahrhundert ist **Rohrau** bekannt, ein Besitztum der Vohburger, die in unserer Gegend begütert waren. 1142 ging es an die Liechtensteiner über. Im 13. Jahrhundert wurde der Besitz unter den drei Brüdern Albert, Heinrich und Dietrich aufgeteilt, wobei der letztere die Rohrauer Linie gründete. 1233 bezeichnet sich Dietrich zum ersten Mal als „von Rohrau". 1240 wird Rohrau als Markt angeführt und 1266 Schloss Rohrau erwähnt.
1278 starb Dietrich von Rohrau, und seine Tochter Dimud heiratete Leutold von Stadeck. 1400 starb der letzte Stadecker, und die Feste Rohrau wurde dem Grafen Hermann von Cilli übergeben. Da sich aber Guta, die Tochter der letzten Stadecker, mit dem Grafen von Montfort-Bregenz vermählte, brachte dieser seine Ansprüche auf Rohrau zur Geltung. 1524 wurden Herrschaft und Feste Rohrau von Leonhard III. von Harrach käuflich erworben. Leonhard IV. dürfte hier im 3. Viertel des 16. Jahrhunderts ein Renaissance-Wasserschloss errichtet haben. 1593 begann der Krieg gegen die Türken, wo Rohrau und die Umgebung schwere Zeiten erlebten und das Schloss so stark beschädigt wurde, sodass es in der Mitte des 17. Jahrhunderts eine Ruine war.
Aufgrund seiner Grenzlage zu Ungarn hatte Rohrau öfter schwere Schicksale zu erdulden. 1146 und 1291 überschritten ungarische Heere die Leitha, um in unser Gebiet einzufallen .1601 wurde Rohrau durch einen Brand, der gelegt war, bis auf den Grund eingeäschert. Die im Jahr 1606 unter Bocskay in Ungarn ausgebrochene Rebellion brachte neues Elend über Rohrau. 1608 wurde der Ort neu aufgebaut, jedoch bereits 1619 wieder durch Soldaten Bethlens total vernichtet. 1683 wurde wieder ein Teil der Bevölkerung durch Überfälle getötet. Ab 1689 gab es jedoch Zuzüge aus dem Schwabenland, Bayern, Mähren, Schlesien, Steiermark, Tirol, Wald- und Weinviertel, St. Pölten und Ober-

österreich, was durch die Pfarrmatrik belegt ist. Durch Kuruzzen-Überfälle bis zum Jahr 1716 erlebte Rohrau wieder eine unruhige Zeit, und nach 1716 gab es Zuzüge aus den umliegenden Ortschaften wie Berg, Prellenkirchen, Deutsch Haslau und Schönabrunn. 1848 drohte durch die ungarischen Aufständischen, die den Ort beschossen, Gefahr. Auch die Eingliederung des Burgenlandes 1921 bis zu ihrem Vollzug brachte in den Grenzorten wieder unruhige Tage.
Rohrau war bereits im Mittelalter einmal eine selbständige Pfarre. Sie wurde um 1300 von den Stadeckern gegründet. 1349 wurde die Pfarre vom damaligen Landesfürsten Herzog Albrecht II. in ein Vikariat umgewandelt und dem Pfarrer von Hainburg unterstellt, wo sie bis in das 16. Jahrhundert hinein verblieb. Erst 1693 wurde Rohrau als selbständige Pfarre von Hainburg gelöst. Zum Rohrauer Pfarrsprengel gehörten immer auch Gerhaus und Pachfurth. 1565 bis 1760 war Hollern eine Filiale von Rohrau, wurde aber ab 1760 zusammen mit Schönabrunn selbständige Pfarre. 1785 hat sich Pachfurth ebenfalls als selbständige Pfarre von Rohrau getrennt.
Die Cholera wütete in den Jahren 1834, dann 1849 und 1855 in Rohrau und forderte viele Tote.
Ein Schulwesen gab es bereits im 17. Jahrhundert. Die erste erwähnte Volksschule wurde 1805 gebaut, 1893 abgerissen und an dessen Stelle die heutige Volksschule zweiklassig errichtet. Im Jahr1972 wurde die Schule auf vier Klassen erweitert.
Pachfurth wurde 1972 bei der Marktgemeinde Rohrau eingegliedert. Sie wurde bereits 1348 urkundlich erwähnt und gehörte zu dieser Zeit zur Herrschaft Orth an der Donau, die die Grafen von Schaumberg als Lehen des Regensburger Bistums innehatten. Pachfurth kam zwischen 1404 und 1455 an die Herrschaft Rohrau, Graf Montfort. Bereits damals gab es in Pachfurth ein Wirtshaus, eine Ziegelbrennerei, eine Weinkellerei und eine Mühle, die alle der Herrschaft Rohrau gehörten. Pachfurth erlitt wie die anderen umliegenden Gemeinden auch sehr viele Katastrophen, sei es durch Großbrände in den Jahren 1595, 1612, 1618 (völlige Zerstörung) sowie 1811, 1854, 1855 und 1865. Der Ort wurde offenbar von der Türkeninvasion 1529 mit besonderer Härte getroffen, denn er wird 1541 als „ödt“ bezeichnet. Im Jahr 1605 wurde Pachfurth von den Truppen des Fürsten Istvan Bocskay von Siebenbürgen so schwer verwüstet, dass 1608 erst acht Häuser wieder aufgebaut waren. 1683 wurde der Ort von den Türken überfallen und niedergebrannt. Wahrscheinlich wurde auch Pachfurth, wie die anderen umliegenden Dörfer, zwischen 1702 und 1709 von den Kuruzzen überfallen. Die Pest wütete 1679, 1693 und 1713 mit besonderer Heftigkeit. Das Dorf wurde bis zur Leitharegulierung im 16. Jahrhundert immer wieder durch Überschwemmungen heimgesucht, ebenso im 20. Jahrhundert, wobei 1965 schwerste Schäden auftraten.
Im Jahr 1240 wird **Gerhaus** zum ersten Mal erwähnt. Der Ortsname stammt vom Personennamen Gerwalt (d.i. der Rasche mit dem Speer) ab. Wortgetreu läßt sich Gerhaus auch als Speerhaus (Gebäude zur Aufbewahrung der Waffen) „Waffenhaus“ auslegen. Es gab auch eine Dominikalmühle, die aber 1827 bis auf den Grund abbrannte und seitdem nicht mehr aufgebaut wurde. Gerhaus wurde im Jahr 1915 von der Cholera heimgesucht, wobei 35 Personen starben. Für die Verstorbenen wurde ein eigener Friedhof außerhalb der Ortschaft angelegt. Zu ihrer Erinnerung steht heute noch ein Kreuz, das von der Bevölkerung von Gerhaus liebevoll gepflegt wird.
Hollern wurde erstmals 1083 erwähnt; der Name leitet sich von Holunder ab. Dies wird auch durch das frühere Gemeindewappen dokumentiert, das einen Holler-Strauch zeigt. In Hollern befand sich ein Edelhof, Turmhof genannt, der 1509 von Martin Steinger und seiner Frau Walburga an Johann Geumann, dem Hochmeister des St. Georg-Ordens, verkauft wurde. Zu Beginn des 17. Jahrhunderts wurde der Turmhof wegen Baufälligkeit demoliert, die Grundstücke wurden an die Herrschaft Rohrau verkauft. Hollern erlitt das gleiche Schicksal wie Rohrau, Gerhaus und Pachfurth und hatte auch sehr oft unter Kriegseinwirkungen zu leiden, und zwar 1605 durch Ungarn- und 1683 durch Türkenüberfälle. 1704 flüchteten die Bewohner in das Schloss Petronell. 1707 wurde Hollern in

Brand gesteckt. Aufgrund der Lage neben der Leitha gab es im Ort immer wieder schwere Überschwemmungen, die letzte fand 1991 statt, als der neu errichtete Hochwasserschutzdamm brach, Hollern innerhalb einer halben Stunde überschwemmt wurde und großer Sachschaden entstand.
Gerhaus und Rohrau haben sich im Jahr 1970 freiwillig zusammengelegt, und aufgrund eines Beschlusses der NÖ Landesregierung wurden 1972 Pachfurth und Hollern eingegliedert.
1974 wurde eine Jugenblasmusikkapelle gegründet, die bisher sehr viele Erfolge erzielt und Auszeichnungen erhalten hat. 1999 wurde der Name auf „Musikverein der Marktgemeinde Rohrau“ abgeändert. Heute ist der Verein ein wichtiger Bestandteil unserer Gemeinde, in dem unser Nachwuchs die Möglichkeit nutzt, Musikunterricht zu erhalten. 1976 wurde eine Partnerschaft zwischen Rohrau/Niederösterreich und Gärtringen-Rohrau in Württemberg (Deutschland) gegründet. Zwischen den beiden Sportvereinen SC Rohrau-Gerhaus und SV Rohrau besteht diese Partnerschaft bereits seit 1971. Durch zahlreiche Besuche und Aktivitäten wurden bereits viele Freundschaften geschlossen.
Viele neue Projekte wurden in Angriff genommen: Der Neubau eines Gemeindeamtes und eines zweigruppigen Kindergartens, Bau und Renovierung von vier Feuerwehrgerätehäusern, Schaffung von Bauplätzen in allen vier Katastralgemeinden sowie die Herstellung der Kanal- und Wasserleitungen, Herstellung einer Gasversorgung, Neugestaltung der Ortsstraßen und Schaffung von Grünanlagen und Kinderspielplätzen.

Kulturbauten und Sehenswürdigkeiten

Schloss Harrach

Das Schloss ist seit 1524 im Besitz der Familie Harrach. Der Sohn des ersten Harrach auf Rohrau, Leonhard IV., dürfte anstelle der ursprünglich mittelalterlichen „Veste Rorow“ ein Renaissance-

Graf Harrach'sche Familiensammlung im Schloss

Schloss Harrach

Wasserschloss gebaut haben. Gräben und Wälle umgaben den Bau, über eine Zugbrücke gelangte man in das Schlossinnere. Der spätbarocke Landsitz der Familie Harrach geht im Wesentlichen auf die Renaissanceanlage zurück. Der letzte Umbau, der dem Schloss sein heutiges Aussehen gegeben hat, erfolgte 1776-1777 unter Leonhard IX. Graf von Harrach.
1970 konnte die „Graf Harrach'sche Gemäldegalerie", die wertvollste und größte Privatsammlung Österreichs eröffnet werden. Hunderte Gemälde aus Neapel, Madrid und den Niederlanden wurden hierher gebracht und sind zusammen mit prachtvollem Mobilar und reichem Kunstgewerbe ausgestellt.

Haydnhaus

Rohrau ist der Geburtsort von Joseph und Michael Haydn, den beiden berühmten Komponisten. Joseph Haydn, geb. 31. 3. 1732, kam bereits 1740 als Sängerknabe nach St. Stephan in Wien und trat 1761 als Hofkapellmeister in den Dienst des kunstliebenden Fürsten Esterházy in Eisenstadt. 1791 und 1794 unternahm Joseph Haydn Reisen nach London, wo er in großen Triumphen gefeiert wurde und in Oxford die Ehrendoktorwürde erhielt. Im vorgerückten Alter schrieb Haydn noch bedeutende Werke: 1799 die Volkshymne und sein großes Oratorium „Die Schöpfung", 1801 folgten „Die Jahreszeiten". Joseph Haydn starb am 31. Mai 1809 in Wien; sein Leichnam ist in der Bergkirche in Eisenstadt beigesetzt.
Michael Haydn, geb. am 14. 9. 1737, übernahm mit 20 Jahren die Stelle eines Kapellmeisters bei dem Bischof von Großwardein, und 1762 wurde er erzbischöflicher Orchesterdirektor in Salzburg. Er befasste sich hauptsächlich mit Kirchenmusik. Am bekanntesten von ihm ist die deutsche Messe: „Hier liegt vor Deiner Majestät". Er starb am 10. August 1806 und wurde in der Kommunegruft des St. Peters-Friedhofes in Salzburg begraben.

Haydn-Museum

Das strohgedeckte Geburtshaus der beiden Künstler ist seit 1959 der Bevölkerung als **Haydn-Museum** zugänglich und ganzjährig geöffnet. 1982 wurde die Schausammlung aus Anlass des 250. Geburtstages Joseph Haydns ergänzt und das Museum völlig neu eingerichtet. Es beherbergt zahlreiche hochinteressante Exponate, die das Leben und die Bedeutung dieser großen Komponisten dokumentieren. Das Geburtszimmer, die Rauchkuchl, das Barockzimmer und die Wohnstube mit Original-Bauernmöbeln geben Einblick in ihre private Geschichte. Über den Konzertsaal gelangt man in den stimmungsvollen Arkadenhof, in dem alljährlich vielbesuchte Konzerte stattfinden.
Das älteste **Haydn-Denkmal**, 1794 von Graf Karl Leonhard Harrach errichtet, stand zwischen 1794 und 1887 auf der „Haydn-Insel“, von 1887 bis 1951 im Schlosspark und wurde sodann von der Familie Harrach zu Rohrau der NÖ. Landesregierung zur Aufstellung auf dem heutigen Standort übergeben.

Pfarrkirche Rohrau

Die Pfarrkirche ist ein stattlicher, vom Friedhof umgebener Bau. Sie ist dem Heiligen Vitus geweiht und zeigt gotische Bauteile aus der 2. Hälfte des 14. sowie Teile vom Ende des 17. Jahrhunderts. 1619 wurde die Kirche niedergebrannt. Das barocke Hauptschiff und der Westturm wurden erst später angebaut. Über dem einen Kircheneingang ist ein Schlussstein mit der Inschrift „HAEC DOMUS ORATIONIS 1776“ angebracht. Die Jahreszahl soll auf eine Restaurierung hinweisen. Der Hochaltar und der Bruderschafts-Altar wurden 1695, der Altar der drei Märtyrer 1770 gestiftet. Seit der letzten Glockenweihe im Jahr 1961 besitzt Rohrau fünf Glocken. Eine ist dem berühmtesten Sohn der Gemeinde, Joseph Haydn, gewidmet.

Gerichtsstein: In Rohrau befindet sich der einzige noch erhaltene Gerichts- oder Verkündstein. Der Steinwürfel, dessen vier Ecken genau nach den Himmelsrichtungen weisen, befindet sich in der Leitha-Au, zwischen Sport- und Tennisplatz. Beim Gerichtsstein wurde früher das Dorfgericht, das sogenannte „Banntaiding“ abgehalten. Leiter war der Dorfrichter, den Vorsitz führte jedoch der Inhaber der Herrschaft. Die Teilnahme jedes Grundholden war Pflicht. Nur Krankheit, Dienst bei der Herrschaft oder ungangbare Wege (z. B. bei Überschwemmungen) galten als Entschuldigungsgrund.

Pranger: Vor dem Gemeindeamt in Rohrau befindet sich der Pranger, bei dem früher Gotteslästerer, Diebe und Meineidige ihre Strafen verbüßten. Sie wurden an den Pranger gekettet und so der öffentlichen Schande preisgegeben. Als Verschärfung dienten Armspangen, Ketten und Fußschellen. Auch Körperverstümmelungen wurden beim Pranger durchgeführt.

Hexenprozesse: Nach heidnischer Überlieferung waren Hexen vorwiegend Weiber, die Menschen und Tieren an Leben und Gesundheit schaden konnten. Verhandlungen über solche und alle todeswürdigen Verbrechen wurden unmenschlich streng durch-

Pfarrkirche Pachfurth

Pfarrkirche Rohrau

geführt und hiebei unter Anwendung der Folter Geständnisse erpresst. Am 13. August 1616 bestätigt der Eisenstädter Freimann, daß er in Rohrau drei Weiber mit Feuer und Schwert vertilgt habe.

Pfarrkirche Pachfurth

Am 27. April 1718 wurde der Bau einer Kapelle zu Ehren des Hl. Rochus und der Hl. Rosalia bewilligt und im Jahr 1722 fertiggestellt. Sie ist dem Heiligen Rochus geweiht. 1785 wurde das Gotteshaus vergrößert und Teile des Chores und eine Sakristei angebaut. Der Hochaltar ist in neugotischem Stil aus Eichenholz gefertigt. Bis zum Jahr 1785 war Pachfurth der Kirche Rohrau unterstellt.

Willkommen in Rohrau

Gemeindeamt Rohrau
Tel.: 02164/2204, Fax: 02164/2204-4
e-mail: gderohrau@netway.at
www.tiscover.com/rohrau

Einwohner:	*1.744*
Fläche:	*2.046 ha*
Seehöhe:	*152 m*

Die Marktgemeinde Rohrau mit den Katastralgemeinden **Pachfurth, Gerhaus, Rohrau** und **Hollern** liegt ca 40 km östlich von Wien zwischen Bruck an der Leitha und Hainburg an der Donau. Unsere Gemeinde besteht aus typischen Reihendörfern, die an der südöstlichen Seite durch die Leitha und die burgenländische Landesgrenze begrenzt sind.

In den letzten 30 Jahren gab es einen großer Rückgang der Beschäftigten in der Landwirtschaft. Zur Zeit sind nur noch ca. 10 % der Einwohner in der Landwirtschaft tätig. Da es keine Industrie und nur sehr wenige Betriebe gibt, ist der Großteil unserer Bevölkerung gezwungen, zu Arbeitsstätten auszupendeln. Durch die Schaffung von Bauplätzen konnte jedoch bei der letzten Volkszählung ein Zuwachs der Bevölkerung von 19,5 % erreicht werden.

Das Sport- und Freizeitangebot beinhaltet u a. drei Fußballplätze, zwei Tennisplätze, Reitmöglichkeiten für Kinder und Erwachsene, Skaterbahn, Natureislaufplatz, Angelmöglichkeiten, Radwege und Kinderspielplätze. Zahlreiche Vereine beleben das gesellschaftliche, kulturelle und sportliche Leben in unseren Ortschaften. Sie sind ein Grundstein für die Erhaltung der Dorfgemeinschaft und spielen eine wertvolle Rolle für die Pflege des Brauchtums in der Großgemeinde.

Gemütliche Buschenschenken sowie bodenständige Gaststätten und Restaurants verwöhnen ihre Gäste mit einem reichhaltigen Angebot. Einige Landwirte bieten Ab-Hof-Verkauf (Bauernladen mit Fleisch, hausgemachten Würsten, Ziegenkäse, Weinen und selbstgebrannten Schnäpsen) an.

Die Marktgemeinde Rohrau kann voll Stolz auf ihre großen Künstler zurückblicken und ist im Laufe ihrer Geschichte zu einer aufstrebenden und lebenswerten Gemeinde gewachsen.

Haydnhalle in Gerhaus

Die Haydnhalle in Gerhaus wurde 1999 errichtet und kann für Konzerte und Theatervorführungen, Seminare, Ballveranstaltungen, Hochzeiten, Geburtstagsfeiern etc. angemietet werden. Die Halle umfasst einen großen Saal mit ca. 220 Sitzplätzen, Tanzfläche mit ca. 32 m², Bühne für ca. 30 Personen - Licht- und Tonanlage vorhanden - einen kleinen Saal für ca. 40 Personen, Küche und Bar.
In Hollern wurde die ehemalige Volksschule im Jahr 2000 in ein Gemeindezentrum umgebaut. Sie steht für Versammlungen und viele andere Aktivitäten zur Verfügung.
In Pachfurth befindet sich neben der Autobahnabfahrt A 4 Ost die A 1 Speed World, in der man Jet-Ski, Go-Karts und und Cross-Karts fahren kann. Für die Jet-Ski stehen zwei Teiche mit einer Gesamtfläche von ca. 6 ha zur Verfügung, für die Go-Karts gibt es eine kleine und große Rennbahn, wo Karts gemietet werden können.

Gemeindezentrum in Hollern

A1 Speed World in Pachfurth

MARKTGEMEINDE PRELLENKIRCHEN

„In einem blauen Schild ein aus dem Schildesfuß wachsender silberner Turm mit rotem Dach und aufgesetzter Laterne, begleitet rechts von einer goldenen Ähre, links von einer goldenen Weintraube."

Geschichte und Entwicklung

Schon in der Urzeit dürfte unser Landstrich bereits besiedelt gewesen sein, allerdings sind Funde aus der frühesten Zeit der menschlichen Kultur nur spärlich vorhanden. Reichere Zeugnisse stammen aus der jüngeren Steinzeit (Neolithicum). So ist eine Fundstelle der ältesten Linearbandkeramik im Südosten der Gemeinde Prellenkirchen dokumentiert. Die dort zahlreich angefundenen Keramikbruchstücke können in die Zeitspanne von etwa 4700 - 4400 v. Chr. eingeordnet werden und sind bis heute für die wissenschaftliche Beurteilung der ältesten Linearbandkeramik von größter Bedeutung. Auch aus der Bronze- und Eisenzeit sind Funde aus unserem Raum bekannt.
Um die Zeitenwende hatte das römische Reich seinen Einflussbereich auch nach Norden hin ausgedehnt. Unser Landstrich war damals Teil der Provinz Noricum. Prellenkirchen lag an einer wichtigen Römerstraße zwischen Carnuntum und Ad Flexum (Ungar. Altenburg). Aus der Gegend von Deutsch-Haslau sind römische Funde von Münzen und Gebrauchsgegenständen erhalten.

Um 900 v.Chr. erfolgte die Gründung von „Prebilenkirchen" **(Prellenkirchen)** durch den slawischen Grundherrn Prebila (Briwala). Das 11. Jahrhundert war für unsere Gegend die wichtigste Kolonisationsperiode. Die ersten Häuser der Gemeinde hatten sich um das wehrhafte Wasserschloss Prellenkirchen gruppiert, das über Jahrhunderte das eigentliche Zentrum der Ansiedlung gewesen war. Überragt wurde die Siedlung von der auf der kleinen Anhöhe errichteten Wehrkirche.
Die früheste, ausdrückliche Erwähnung des Ortes **Deutsch-Haslau** fällt in das Jahr 1074, enthalten in einer Urkunde Heinrichs IV. **Schönabrunn** wird 1083 in einer Schenkungsurkunde genannt, in der es unter anderem neben Deutsch-Haslau als Tochterkirche der Pfarre Hainburg aufscheint; der Name der Siedlung selbst ist gewiss älter (9. Jh.). Vom 12. bis ins ausgehende 15. Jahrhundert gehörte unsere Gegend der Herrschaft der Kranichberger an.
Um das Jahr 1349 war die Region von der ersten Pestepidemie betroffen, weitere Seuchen sollten in den kommenden Jahrhunderten noch folgen. Während des großen Türkenzuges des Sultans Soliman wurden die damals bei Prellenkirchen gelegenen Siedlungen Steinabrunn und Prellenthal verwüstet und in der Folge nicht wieder aufgebaut. Prellenkirchen selbst wurde niedergebrannt.

Noch 15 Jahre später gab es keine Kirche und nur wenige instandgesetzte Häuser. Um die verödeten Siedlungen wiederaufzubauen, waren die Grundherren interessiert, neue Siedler zu gewinnen. So war auch Prellenkirchen 1544 gemischtsprachig besiedelt; eine zeitlang stellten die zugezogenen, aus ihrer Heimat vertriebenen Kroaten die Mehrheit im Ort. Im Zuge des nationalungarischen Aufstandes unter der Führung des Siebenbürger Fürsten Bocskay wurde Prellenkirchen 1605 von dessen Scharen abermals niedergebrannt; bis 1620 kam es wiederholt zu Ungarneinfällen. Im Türkenjahr 1683 wurde die Gegend abermals verwüstet und geplündert, die Bevölkerung getötet oder verschleppt.
Zu Beginn des 18. Jahrhunderts fielen die Kuruzzen in unseren Raum ein, und die Ortschaften wurden wiederum gebrandschatzt und ausgeraubt. Im Jahr 1809 bekam Prellenkirchen die Auswirkungen der Franzosenkriege zu spüren. Einquartierungen, Requirierungen und Plünderungen durch Marodeure musste die geplagte Bevölkerung über sich ergehen lassen. Während der Revolution von 1848/49 war unsere Gegend Aufmarsch- und Kampfgebiet der kaiserlichen Truppen.
Der Erste Weltkrieg brachte für die Orte keine unmittelbaren Kriegsfolgen, doch hatte die Bevölkerung die Verluste an Toten sowie die wirtschaftlichen und politischen Auswirkungen ebenso wie die übrigen Österreicher zu tragen. Für Unruhe sorgten 1921/22 ungarische Freischärler, die im Zusammenhang mit der Eingliederung des Burgenlandes in unser Gebiet vordrangen. Die ersten Jahre nach Kriegsausbruch 1939 blieben wieder vorerst ohne unmittelbare Kriegsfolgen. Ab 1944 begannen die Bombenangriffe; an der Straßengabelung zwischen Prellenkirchen und Hundsheim wurden Flakstellungen errichtet. Im April 1945 marschierte die Russische Armee ein, nachdem schon vorher endlose Kolonnen von Flüchtlingen und zurückströmenden deutschen Truppenverbänden durchmarschiert waren. Nach dem Krieg galt es, enorme Aufgaben zu bewältigen, da die wirtschaftlichen Verhältnissen völlig desolat waren.
Durch den Zusammenschluss der Gemeinden Prellenkirchen, Deutsch-Haslau und Schönabrunn 1972 entstand die Großgemeinde Prellenkirchen, 1982, im Jahr des 850-jährigen Bestehens von Prellenkirchen, erfolgte die Erhebung zur Marktgemeinde.

Prellenkirchen - Österreichs Windenergie-Gemeinde Nummer 1

Ganz im Osten Österreichs gelegen, wird sich die niederösterreichische Gemeinde Prellenkirchen zu Österreichs bedeutendstem Standort für die Windenergienutzung entwickeln. Neben den seit Oktober 2000 bestehenden 3 Windkraftanlagen des Windparks Prellenkirchen 1 mit 3 MW Gesamtleistung werden bis März 2003 14 weitere Windkraftanlagen mit 25,2 MW Gesamtleistung errichtet werden. Mit diesen in Summe 17 Anlagen bzw. 28,2 MW Leistung wird die Gemeinde Prellenkirchen die Spitzenposition unter Österreichs Gemeinden einnehmen.

Die derzeitig 3 Anlagen erzeugen pro Jahr rund 7 Millionen kWh umweltfreundlichen Strom und sparen so jährlich etwa 5.000 Tonnen $C0_2$ ein. Nach dem Vollausbau werden pro Jahr etwa 58 Millionen kWh Strom erzeugt und etwa 40.000 Tonnen $C0_2$ eingespart werden.

Als begleitende Maßnahme soll zusätzlich nahe dem Gemeindeamt ein mehrsprachiges Informationszentrum zur Windenergie mit dem Ziel eingerichtet werden, vor allem den östlichen Nachbarländern Ungarn und die Slowakei das Prellenkirchner Erfolgsmodell zu präsentieren und den Umstieg von fossiler und nuklearer Energienutzung auf erneuerbare Energieträger zu forcieren.

Kulturbauten und Sehenswürdigkeiten

Pfarrkirche in Prellenkirchen

Der heutige Kirchenbau stammt im Wesentlichen aus dem 18. Jahrhundert. Die Saalkirche mit Tonnengewölbe ist dem Heiligen Geist geweiht. Über dem westlichen Teil des Kirchenschiffes erhebt sich der 39 m hohe Turm mit seinem zwiebelförmigen Helm. Der Hauptaltar stammt aus Dorf Gastein, er wurde 1948 angekauft und anstelle eines einfacheren Altares errichtet. Von den beiden kleineren Seitenaltären ist nur mehr einer erhalten.

Pfarrkirche in Deutsch-Haslau

Das bestimmte Alter der Kirche kann mangels schriftlicher Zeugnisse nicht angegeben werden, die Überreste dieser Kirche aus alter Zeit unterscheiden sich deutlich von jenen jüngerer Zeit. Bei der jüngsten Renovierung der Außenfassade konnte man deutlich erkennen, dass mindestens drei verschiedene Perioden im Bau der Kirche erfolgten. Die Pfarrkirche ist der hl. Dreifaltigkeit geweiht.

Kirche in Schönabrunn

Das zweifellos älteste Bauwerk ist die spätromanische Wehrkirche mit befestigten Mauern aus Bruchsteinmauerwerk und einem einfachen spätgotischen Südtor. Der massige Ostturm ist weithin nach allen Seiten sichtbar. Die Kirche ist dem hl. Bartholomäus geweiht und soll ehemals ein zur Herrschaft Rohrau gehöriger Schüttraum gewesen sein, der durch den Anbau eines Glockenturmes zur Kirche umgestaltet wurde. Den Hochaltar schmückt das schön gerahmte Bild des Namenspatrons.

Oben: Pfarrkirche in Prellenkirchen
Unten links: Pfarrkirche in Deutsch-Haslau
Unten rechts: Pfarrkirche in Schönabrunn

Willkommen in Prellenkirchen

Einwohner:	*1.302;*	*Prellenkirchen: 841*
		Deutsch-Haslau:303
		Schönabrunn: 158
Fläche:	*4.156 ha*	
Seehöhe:	*172 m*	

Gemeindeamt Prellenkirchen
Tel.: 02145/2202, Fax: 02145/2202-22
e-mail: gdeprellenkirchen@netway.at
www.prellenkirchen.at

Drei romantisch gelegene Weinbauorte bilden die Marktgemeinde Prellenkirchen - eine Landschaft, wie geschaffen für Romantiker und Genießer! Die besonderen Klimaverhältnisse, die guten Böden und Lagen, bilden die Voraussetzung für Qualitätsweinbau, der in den 70-er Jahren des vorigen

Jahrhunderts begann und bis heute erfolgreich fortgesetzt wird. Die Menschen hier leben von und mit der Natur; sie lieben ihre Weine und hüten sie wie kleine Kostbarkeiten in ihren Kellern.
An den sonnigen Südhängen des Spitzerberges liegt **Prellenkirchen**, bekannt für seinen gebiets-typischen Spitzberger Rotwein „Blaufränkisch". Die stimmungsvollen, alten Weinkeller außerhalb des Ortes bieten nicht nur vorzügliche Weine, sondern auch deftige und g'schmackige Speisen. Das Weinbaumuseum in der Kellergasse präsentiert die Geschichte des Weinbaues von den Römern bis in unsere Tage und ist in der Region einzigartig.

Der aufstrebende Agrar- und Weinbauort **Deutsch-Haslau** liegt direkt an der Leitha, und verträumt zwischen Weingärten, Feldern und Auwald bietet der Ort **Schönabrunn** Ruhe, Erholung und Beschaulichkeit. Herrliche Wander- und Radwege erschließen das malerische Gebiet und ermöglichen schöne Ausflüge in die Natur. Aber auch auf dem Rücken der Pferde oder bei einer romantischen Kutschenfahrt kann man die Landschaft entdecken und in aller Ruhe genießen. Ein Paradies für zünftige Angler ist die Teichanlage in Schönabrunn.

Das familienfreundliche Sport- und Erlebnisbad bietet mit seiner modernen Ausstattung jede Menge Abwechslung; das Buffet in der gepflegten Anlage verwöhnt mit Spezialitäten, ausgewählten Biersorten und heimischen Weinen.
Das Kulturhaus Prellenkirchen bietet während des ganzen Jahres ein unterhaltsames und abwechslungsreiches Programm - Konzerte, Liederabende, Theateraufführungen, Dichterlesungen sowie Kabarettabende garantieren für ein unvergessliches Erlebnis.

Gemeinde Berg

„In Blau unter goldener Laubkrone ein roter, mit einer goldenen Leiste gesäumter Hügel, darin ein aus dem Schildfuß wachsendes goldenes Rad, aus dem wiederum eine dreiblättrige, zwei Trauben tragende goldene Weinrebe wächst."

Ein Wagenrad als Symbol für die rege Gewerbetätigkeit und das Handwerk in früherer Zeit, ein daraus wachsender asymmetrischer Weinstock als Symbol für Landwirtschaft und Weinbau, eine Krone als Symbol für das Drei-Königstreffen auf der Königswarte und die Unterteilung der Farben Blau und Rot durch einen nach oben dargestellten Halbkreis als Symbol für die Königswarte. Rot und Blau stellen die Hintergrundfarben und Gold (Gelb) die Symbolfarbe dar. Blau und Gold (Gelb) die Landesfarben Niederösterreichs, Rot das umkämpfte Grenzland ... Gemeindefarben: Blau - Gelb - Rot

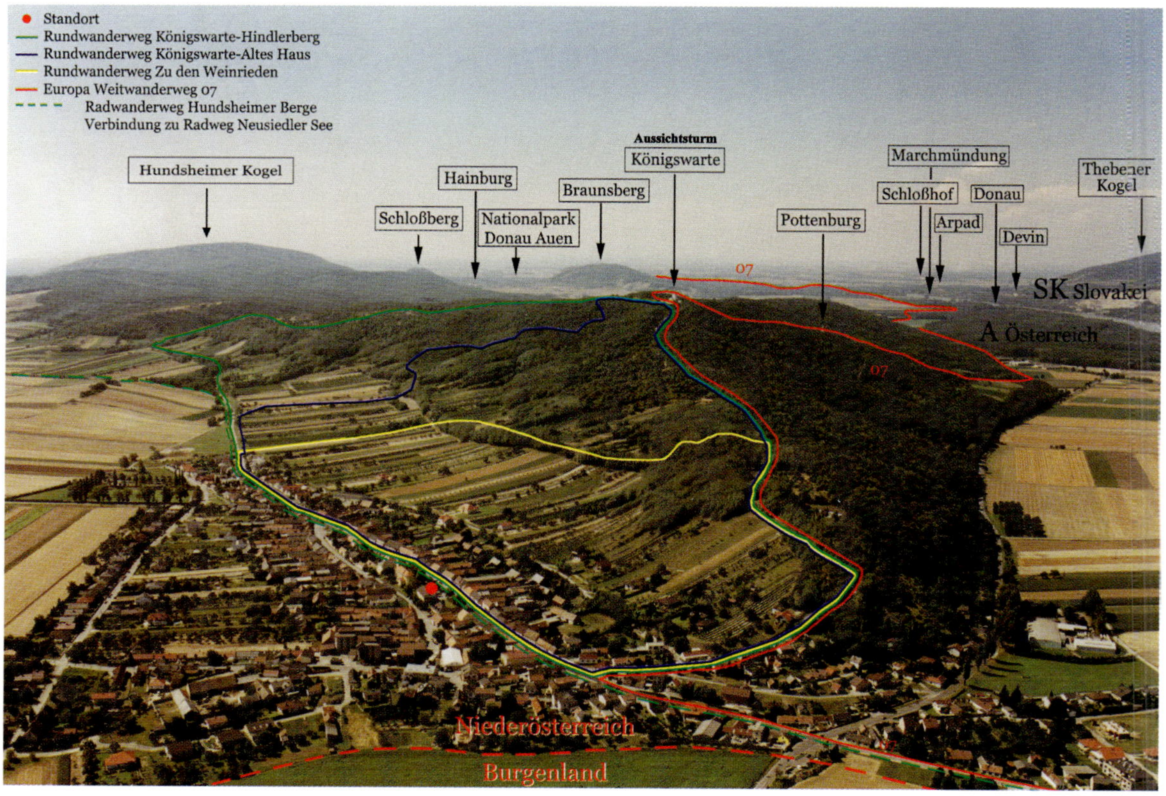

Geschichte und Entwicklung

Die Gemeinde Berg liegt auf altem, historischem Boden zwischen der ehemals großen römischen Stadt Carnuntum und der slowakischen Hauptstadt Bratislava (Preßburg).

Berg bei Hainburg a. d. Donau N.D., Windmühle

Spuren einer schon früher erfolgten Besiedelung des Gebietes führen zurück bis in die Steinzeit. Auf dem Steinfeldacker konnten steinzeitliche Beile, bronzezeitliche Angeln, Pfeilspitzen sowie nicht ausgeschlachtete Urnengräber freigelegt werden. Am Ortsrand von Berg stieß man 1995 bei Grabungsarbeiten für eine OMV-Gasleitung auf das älteste bisher bekannte Gräberfeld der Langobarden in der Region „Pannonica" aus der Zeit von ca. 500-525 n. Chr.

Auch Kelten und Römer hinterließen ihre Spuren. Etwas südlich von Berg steht die Ruine des aus riesigen Steinblöcken errichteten sogenannten „Heidenturmes" in der aufgelassenen Ortschaft „Lebarn". Er stammt aus römischer Zeit und dürfte ein militärischer Vorposten der Garnisonsstadt Carnuntum gewesen sein. Auch wurden Denkmalsteine gefunden, die verdienstvollen Soldaten zu Ehren gesetzt worden waren - diese kann man heute im Museum Carnuntum in Bad Deutsch-Altenburg bewundern.

Um ca. 800 n. Chr. zogen Ansiedler aus Bayern in das inzwischen wieder menschenleere Gebiet. Die erste urkundliche Erwähnung von Berg als „Pagus ad Pergo" könnte sich in das Jahr 892 n. Chr. datieren lassen, die Richtigkeit dieser Annahme ist jedoch schwer zu beweisen. Im Jahr 907 kam es auf unserem Gebiet zu einer historischen Reiterschlacht zwischen Luitpold von Bayern und den Magyaren. Von der Königswarte aus hielt der Hunnenkönig Etzel Ausschau nach seiner Braut Kriemhild. Auch Kaiser Friedrich Barbarossa lagerte mit seinem Kreuzfahrerheer in der Ebene von Berg. Eine erste historisch gesicherte urkundliche Erwähnung unter dem Ortsnamen „Perch" erfolgte im Jahr 1083 - in der Schenkungsurkunde des Bischofs Altmann von Passau an das Stift Göttweig. Aus jener Zeit scheint Berg als Tochterpfarre von Hainburg auf.

Seit dem späten 13. Jahrhundert, Anfang des 14. Jahrhunderts, hatte die Herrschaft Petronell das Banntaiding über Ort und Kirche von Berg. Bereits 1377 scheint der Herr von Petronell und Wildungsmauer, Georg der Dörr, als Besitzer von „Hunzheim und Perch" auf. Der Ortsname wurde in früherer Zeit „Am Berg", „Dörfl am Berg", „Perg" oder „Perch" geschrieben. Das erste Mal scheint die heutige Schreibweise des Ortsnamens Berg in einem am 13. März 1761 von Jakob Krapf ausgestellten Schuldschein auf.

Die Kirche „Peter und Paul" wurde bereits 1344 im Verzeichnis aller Kirchen und Kapellen des Bistums Passau als Kapelle, die den Aposteln Petrus und Paulus geweiht war, genannt.

Um 1490 hatte der Ort unter den Eroberungszügen des Ungarnkönigs Matthias Corvinus, der Besitzer von Hainburg und der nördlich von Berg gelegenen Pottenburg war, zu leiden. Aus dem Türkenjahr 1529 berichtet die Chronik, dass türkische Heerscharen in unserer Gegend ein Dorf „Amberg" zerstörten; nachdem wir im Jahr 1706 für Berg auf die Schreibweise „Dörfl am Berg" treffen, ist anzunehmen, dass Berg mit Amberg ident ist. Wahrscheinlich wurde der Ort in diesem Jahr zerstört, lag danach eine Zeit öde und wurde in der Folgezeit wieder aufgebaut. 1563 hielt Herzog Maximilian vor seiner Krönung in Preßburg zum König von Ungarn Heerschau auf der Königswarte bei der Bergkirche „St. Peter und Paul".

In der ersten Hälfte des 17. Jahrhunderts wurde der Ort von wirtschaftlicher Not sowie von Pestepidemien heimgesucht; auch ständig wiederkehrende Überfälle von aus Ungarn einsickernden Räuberbanden erleichterten nicht gerade das ohnehin harte Los der Dorfbewohner.
Über den 2. Türkenkrieg von 1683 fehlen Nachrichten. An der Einfallstraße aus dem Osten gelegen, ist anzunehmen, dass der Ort und seine Bewohner auch unter diesem Einfall stark zu leiden hatten. Zu Beginn des 18. Jahrhunderts war die Bevölkerung der Kuruzzenplage ausgesetzt: 1706 wurden die Dorfbewohner zum Schanzenbau bei Petronell herangezogen, 1707 wurde ihr Dorf von den Kuruzzen in Brand gesteckt. Auch von weiteren Naturkatastrophen blieb die Gemeinde nicht verschont; 1773 wurde die Bergkirche „St. Peter und Paul“ durch Blitzschlag zerstört, 1799 ging über Berg ein verheerendes Hagelunwetter nieder, bei dem die Häuser großen Schaden erlitten. Viele Keller standen unter Wasser; große Mengen an Wein und Lebensmitteln gingen verloren.
Während der napoleonischen Kriege (1805-1809) wüteten die Franzosen wie einst die Türken im Ort. 1805 waren Kaiser Napoleon und sein Schwager, König Murat von Neapel, auf der Königswarte und hielten vor der Schlacht von Austerlitz auf dem Paradeplatz der ungarischen Könige, auf der Ebene von Kittsee, Heerschau. 1811 bekam Berg hohen Besuch: Kaiser Franz I. weilte zweimal auf der Königswarte.
Das Jahr 1831 war für den Ort ein Schreckensjahr. Aus Ungarn wurde die Cholera eingeschleppt. Um die Weiterverbreitung der Seuche zu unterbinden, wurde die Preßburger Straße abgesperrt und die aus Ungarn kommenden Lebensmittel „desinfiziert“, d.h., gewaschen und geräuchert. Von den ins Spital eingelieferten Kranken starben fast alle. 1836 wütete die Cholera neuerdings; abermals waren viele Opfer zu beklagen.
Während der Revolution von 1848 hatten ungarische Aufständische in Berg ihr Lager aufgeschlagen; später besetzten kaiserliche Truppen den Ort, doch erschienen zwei Tage später neuerlich Ungarn, worauf sich die Kaiserlichen in die Weinberge zurückzogen. Endgültig besetzt wurde Berg von Erzherzog Ludwig; auch der Banus von Kroatien, Baron von Jellasich (eigentlich Jelačič) befand sich zu dieser Zeit im Ort. In der Folge wurde Berg aus der Herrschaft in die Eigenständigkeit entlassen.
Während des Ersten Weltkrieges wurden in Berg und Umgebung Schützengräben und Schanzen errichtet; über dreißig männliche Ortsbewohner mussten ihr Leben auf den Schlachtfeldern lassen. Aus dem Ersten Weltkrieg heimgekehrte Soldaten errichteten 1921 neben der heutigen Pfarrkirche das Kriegerdenkmal.
Nach dem Zerfall der Monarchie wurde Berg Grenzort und zugleich Endstation der Preßburger Bahn; 1928 erfolgte die Elektrifizierung des Ortes. Die Nach- und Zwischenkriegszeit war voller Entbehrungen, besonders für die vielen Arbeitslosen und Ausgesteuerten. Im Ersten Weltkrieg hatte das kleine Dorf Berg 35 und im Zweiten Weltkrieg 66 gefallene und vermißte Opfer zu beklagen.
1941 waren Berg und Wolfsthal der Stadt Engerau (bei Preßburg) eingemeindet; im gleichen Jahr erfolgten Planung und Bau eines riesigen Aluminiumwerkes in Berg. In der bereits aussichtslosen Lage des Kriegsjahres 1944 wurde die Anlage des Ostwalles in Angriff genommen; die Schanzanlage führte quer durch unser Gemeindegebiet. Gegen Kriegsende durchfluteten endlose Flüchtlingsströme aus dem Osten das Dorf. Als am 4. April 1945 russische Truppen einmarschierten, war ein Teil der Ortsbevölkerung bereits evakuiert worden.
Im Leichtmetallwerk „Bernhard Berghaus“ wurde bereits im März 1945 im Walzwerk der Probebetrieb aufgenommen. In diesem Werk sollten nach Vollendung des Baues bis zu 10.000 Arbeiter Beschäftigung finden. Es wurde jedoch von den Besatzern als „deutsches Eigentum“ beschlagnahmt, zur Gänze demontiert und abtransportiert. Auf dem Fabriksgelände wurden Munitionsbunker errichtet; der Ort blieb bis zum Abzug der sowjetischen Besatzungsmacht nach

dem Staatsvertrag 1955 besetzt. Ein Wahrzeichen des Ortes, die alte Windmühle, die am Südende des Dorfes nahe der Mariahilf-Kapelle gestanden hatte, wurde 1945 abgetragen. Das Kriegerdenkmal wurde 1965 und letztmals 1993 renoviert; eine Marmortafel mit den Namen der gefallenen Kameraden erinnert heute an die Helden beider Weltkriege.

In den darauffolgenden Jahren konnte durch die Ausdauer und den Fleiß der Bewohner ein solider Wohlstand erreicht werden. Es entstand eine rege Bautätigkeit, und die Infrastruktur wurde den Ansprüchen der Bevölkerung entsprechend laufend ausgebaut. 1972 wurden im Zuge der Gemeindezusammenlegungen in Niederösterreich die beiden Ortschaften Berg und Wolfsthal zu einer Gemeinde vereinigt.
Auf dem Gelände einer ehemaligen Schottergrube in Berg entstand ein Freizeitzentrum, mit dessen Errichtung 1974 begonnen wurde.
Anfang der Siebziger-Jahre wurden für die Abwasserbeseitigung Kanalleitungen und eine Kläranlage errichtet. Die Leitungen wurden 1992 saniert und erweitert, die Kläranlage abgebrochen und die Abwässer 1993 in die Großkläranlage der Stadt Bratislava-Petrzalka (Slowakei) eingeleitet. Die gemeindeeigene Wasserversorgung mit Brunnenanlage und Hochbehälter wurde 1980 in Betrieb genommen. Weiters besitzt Berg seit 1989 ein eigenes Kabelfernsehnetz, das vom burgenländischen Kabelfernsehen versorgt wird. Mit dem Fall des „Eisernen Vorhanges“ und der daraus folgenden Ostöffnung im Jahr 1989 stieg das Straßenverkehrsaufkommen explosionsartig an. Die EU Außengrenze musste ab dem Jahr 1990 durch das in Berg stationierte österr. Bundesheer vor illegalen Einwanderern bewacht werden. 1994 wurde das neue Zollamt Berg eröffnet. Nachdem Österreich in die EU aufgenommen war, wurde der Grenzbereich um eine Grenzkontrollstelle der Gendarmerie und eine veterinärmedizinische Station zur Bewältigung der vielfältigen Aufgaben an der EU-Außengrenze erweitert.

Wappenverleihung 19. September 1999

LH-Stellvertreter Ernst HÖGER — *Bürgermeister Georg HARTL* — *Landeshauptmann Dr. Erwin PRÖLL*

1992 erfolgte der Bau des Gemeindeamtes. Nach 25 Jahren gemeinsamer Verwaltung wurden 1997 die Gemeinden Wolfsthal und Berg auf eigenen Wunsch von der Niederösterreichischen Landesregierung per Gesetz getrennt. Seither ist Berg wieder eine selbständige Gemeinde. Im Jahr 1999 wurde unserem Ort als verdiente Anerkennung für seine Leistungen ein eigenes Gemeindewappen verliehen.

Kulturbauten und Sehenswürdigkeiten

Pfarrkirche St. Anna zu Berg

Die Pfarrkirche wurde 1748 erstmals als Kapelle erwähnt. Eine alte, den Aposteln Petrus und Paulus geweihte Kirche stand am Berg und wurde nach der Einweihung der neuen Kirche nur mehr bei gelegentlichen Andachten verwendet. 1780 wurde sie aufgelassen und aus ihrem Steinmaterial der Turm der St. Annakirche errichtet. 1863 erfolgte eine Erweiterung der Pfarrkirche und es wurde ein großes Kreuz aus der Pottenburg integriert.
Das Altarbild ist der hl. Anna geweiht.
Nach dem Zweiten Weltkrieg wurde der tonnengewölbte Bau mehrmals renoviert und bildet heute mit Volksschule, Kindergarten, Feuerwehrhaus, Bank und Gemeindeamt den Ortsmittelpunkt von Berg.

Mariahilf-Kapelle

1859 wurde außerhalb des Dorfes die Mariahilfkapelle erbaut. Sie galt ursprünglich als Wallfahrtskapelle und wurde auch „Liebfrauenkapelle" genannt.
In ihrem Inneren befinden sich die Statuen der beiden Apostel Petrus und Paulus aus der alten Bergkirche.

Mariahilf-Kapelle

Mariensäule

Pfarrkirche St. Anna zu Berg

Kapelle „St. Peter und Paul“

Im Jahr 1982 wurde die Kapelle an der Stelle der ehemaligen Bergkirche errichtet, die ursprünglich auch vom Dorffriedhof umgeben war.

„St. Peter und Paul“

Mariensäule

Am ehemaligen Ortsrand von Berg, an der (ehem. österreichisch-ungarischen) Grenze zum Burgenland wurde die Säule vermutlich zum Gedenken an die Pest, der 1679 zahlreiche Menschen zum Opfer fielen, errichtet. Im Jahr 1999 wurde sie renoviert und gesegnet.

Franzosenmarterl

An der Gabelung Hauptstraße und Weinbergstraße wurde das Marterl in Erinnerung an die Franzosenkriege (1806-1809) an jener Stelle errichtet, wo die gefallenen Soldaten der französischen Truppen bestattet worden waren. Später wurden deren sterbliche Überreste nach Frankreich überführt.

Türkenmarterl

Am Nordhang des Ortes, in der Kellergasse, wurde das Denkmal zum traurigen Gedenken an die im Türkensturm (1529 und 1683) ermordeten Bewohner von Berg errichtet.

Arne Karlsson Gedenkstein

Arne Karlsson Gedenkstein

An der Straße zum Freizeitzentrum wurde 1961 der Gedenkstein „Schwedenkreuz“ eingeweiht. Arne Karlsson, ein Mitarbeiter der schwedischen Hilfsorganisation „Rädda Barnen Österreich“, wurde am 11. Juni 1947 an dieser Stelle in Ausübung seiner humanitären Tätigkeit von einem Militärposten der russischen Besatzungsmacht erschossen.

Franzosenmarterl

Kriegerdenkmal

BERG

Ein Ort mit Weitblick im Wanderparadies Königswarte

Einwohner: *1.094 (674 Hauptwohnsitze, 420 Zweitwohnsitze)*
Fläche: *945 ha*
Seehöhe: *154 m*

Am Fuße der Königswarte, zwischen der pannonischen Tiefebene und den östlichen Ausläufern der Hundsheimer Berge, schmiegt sich unser schöner Ort einladend in die liebliche Landschaft ein. Weinberge, Felder, Wiesen und naturbelassene Wälder umgeben die Agrar- und Weinbaugemeinde. Als östlichste Erhebung Österreichs bietet die Königswarte mit einer Seehöhe von 344 m einen herrlichen Rundblick und ist mit der Wiedererrichtung einer Aussichtswarte zu einem beliebten Ausflugsort geworden. An den Südhängen gedeihen aufgrund der besonders günstigen Lage erlesene Weine, die in den umliegenden Heurigenschenken und Gasthäusern zu einer schmackhaften Jause verkostet werden können.
Im „Wanderparadies Königswarte" bieten markierte Wiesen- und Waldwege schöne Ausflüge in die Natur, bis der höchste Punkt der Königswarte erreicht ist. Hier hat man von der Aussichtswarte aus einen herrlichen Ausblick - nach Bratislava, zur „Porta Hungarica", zur Donau oder zum Nationalpark „March-Donau-Auen", zum Neusiedlersee und zu den Voralpen mit Rax und Schneeberg.

Beweidung einst

Versuchsbeweidung ab dem Jahr 2000

Bis 1963 wurden die Tiere - Rinder, Ziegen und Pferde - der zahlreichen Bauernhöfe im Ort jeden Morgen auf die am Ortsrand und auf der Königswarte liegenden Weiden getrieben und abends wieder in die Stallungen gebracht. Der hauptberufliche Hirte (Halter) wurde durch die Bauernschaft großteils mit Naturalien bezahlt. Durch das Einstellen der Beweidung verbuschten die einzigartigen Trockenrasenflächen auf der Königswarte zunehmend, sodass im Jahr 2000 ein Versuchsprojekt gestartet wurde. Mit zehn Galloway-Rindern vom burgenländischen Csardahof wurde eine neuerliche Beweidung aufgenommen. Die Tiere wurden auf den wertvollen Trockenrasenflächen der Königswarte gekoppelt, wodurch ein Beitrag zur Erhaltung der Natur gegeben war. Aufgrund des erfolgreichen Projektes werden weitere bereits verbuschte Flächen freigestellt, und die Beweidung wird fortgeführt.

Aussichtsturm auf der Königswarte, errichtet 2001

Ob beim Wandern, mit dem Fahrrad oder in der Pferdekutsche, unser Ort und seine freundlichen Menschen bieten jedem Gast die Gelegenheit, bei uns schöne und erholsame Stunden zu verbringen. Der Badesee, das „Freizeitzentrum Berg", ist eine herrliche und gepflegte Anlage, die 94 Pachtparzellen mit wunderschönen Häusern beherbergt. Der Badestrand lässt Schwimmen in naturbelassenem Gewässer zum Sommervergnügen werden. Das Sport- und Freizeitangebot ist vielfältig: Tennisplätze, Natur- und Kinderspielplatz, Natureislaufplatz, Inline Skating, Fischen, Reiten u.v.m. sorgen für Sport und Bewegung. Ein vielfältiges Vereinsleben belebt die örtliche Tradition und gestaltet die positive Entwicklung unseres Ortes entscheidend mit.
Der Berger Textschreiber für Lieder und Heimatgedichte, Richard HARTL (28.08.1907-21.03.1976), schrieb mehrere Lieder und Gedichte über seinen Heimatort. Die Bekanntesten sind „Ob'n auf der Königswart" (Musik Hans Müller-Kittsee) und „Der Berger Wein" (Musik Dr. Matthias Kugler-Kittsee).

Gemeindeamt Berg
Tel.: 02143/2371, Fax: 02143/2371-4
e-mail: sekretariat@gemeindeberg.at
www.tiscover.com/berg
www.gemeindeberg.at

Der Radrundweg „Hundsheimer Berge", der „Donauradweg" und asphaltierte Güterwege abseits vom Straßenverkehr laden zu einer gemütlichen Radtour mit der Familie ein.

Gemeinde Wolfsthal

Die Farben des Gemeindewappens sind blau - gold (gelb) - silber (weiß)

Geschichte und Entwicklung

Wahrscheinlich war das heutige Gebiet von Wolfsthal schon in der Steinzeit besiedelt. Nachweislich lebte in der Zeit von 400-15 v.Chr. eine keltisch-illyrische Mischbevölkerung in dieser Gegend. Zu Beginn des ersten nachchristlichen Jahrhunderts besiedelten Römer die Region; Wolfsthal kann als damaliger Grenzort der Provinz Noricum zu Pannonien angenommen werden, der immer wieder von Volksstämmen aus dem Norden sowie aus dem Osten bekriegt wurde. Während der Völkerwanderung kamen Ostgoten, Heruler, Rugier, Hunnen und Langobarden ins Land; ab 560 n. Chr. wurde das gesamte pannonische Gebiet den Awaren zur Besiedelung überlassen. Durch Karl d. Großen kamen zu Beginn des 9. Jahrhunderts Fränkische und Bayrische Völker oder Volksstämme in die Region. Um die Mitte des 10. Jahrhunderts dürfte Pottenburg bei Wolfsthal erbaut worden sein. In der Folgezeit setzte die Christianisierung ein - Wolfsthal war damals dem Bistum Passau zugehörig. 1025 scheint erstmalig urkundlich „Potenburch“ auf.

Die erste urkundliche Erwähnung von Wolfsthal selbst kann in das Jahr 1083 n. Chr. datiert werden. Ob der Name des Ortes vom Personennamen „Wolf“ oder vom gleichnamigen Tier stammt, konnte bis heute nicht restlos geklärt werden. Bis 1390 ist uns von Wolfsthal sehr wenig überliefert. Im 14. Jahrhundert gab es auch eine jüdische Ansiedlung im Ort, woran noch ein alter Tempel im ehemaligen Forsthaus in der Oberen Gasse erinnert. Beim ersten Türkensturm des Jahres 1529 wurde die Burg das erste Mal stark beschädigt und in der Folge teilweise mit Holz aus dem Wolfsthaler Wald erneuert. 1544-1546 erwarb Baron Otto Wilhelm Walterskirchen zu Hundsheim die Veste Pottenburg und Wolfsthal als sein Eigen.

Die Pest und neue Anstürme von Türken und Kuruzzen brachten den Ort in der Zeit von 1618-78 in ständige arge Bedrängnis. Ab 1710 wurde Wolfsthal zum Marienwallfahrtsort. Die Kirche wurde vergrößert und der Friedhof außerhalb des Ortes verlegt; 1742 wurde vor der Kirche eine Schule erbaut. Während der napoleonischen Kriege wüteten die Franzosen unter General Devont (1805-08) um Wolfsthal. Hab und Gut wurden geplündert, die Menschen flüchteten in die herrschaftlichen Waldungen. 1828-55 wirkte der Pfarrer Franz Albert Ressl in der Gemeinde, der auch eine „Beschreibung des Ortes Wolfsthal“ herausgab und dessen Bruder, Joseph Ressl, als Erfinder der Schiffsschraube in die Geschichte einging. 1911-1914 wurde die Pressburgerbahn erbaut, an die auch Wolfsthal angeschlossen wurde.

Der Erste Weltkrieg forderte 31 Opfer unter der männlichen Bevölkerung. Schon während des Zweiten Weltkrieges (1941) wurden Wolfsthal sowie Berg als Vororte der Stadt Engerau einverleibt. 1947 wurde der Akt revidiert, und die vormaligen Vororte wurden zu selbständigen Gemeinden erhoben. 1954 drohte der Damm zwischen Wolfsthal und Pressburg infolge lang anhaltenden Hochwassers zu bersten; der Notstand wurde ausgerufen. Eine weitere verheerende Sturmkatastrophe legte 1969 die Bundesstraße zwischen Hainburg und Wolfsthal lahm. Bäume wurden entwurzelt sowie die Oberleitung und Geleise der Pressburger Bahn zerstört.
1972 wurden die Gemeinden Berg und Wolfsthal zusammengelegt. 1983 feierte die Gemeinde Wolfsthal-Berg ihr 900-jähriges Gründungsfest. 1996 wurde Wolfsthal von Berg getrennt und damit wieder eine eigenständige Gemeinde. 1997 wurde der schöne „Karl-Knaus-Park" - ein beliebter Rastplatz - fertiggestellt, 1999 erfolgte die Renovierung des Gemeindeamtes und der Volksschule. Aus Wolfsthal ist heute ein aufstrebender Ort mit großen Plänen für die Zukunft geworden - ein schöner Platz zum Leben.

Kulturbauten und Sehenswürdigkeiten

Schloss Walterskirchen

Das Schloss war der ehemalige Herrschaftssitz des Adelsgeschlechtes. Das Schicksal des Ortes war über Jahrhunderte eng mit dem herrschaftlichen Gut und dessen Bewohnern verbunden. Auch heute noch wird das Schloss von der Familie Walterskirchen bewohnt.

Frauensäule

Wallfahrtskirche

Wallfahrtskirche „Maria am Birnbaum"

Die Wallfahrtskirche ist dem hl. Jakob geweiht. Der ursprünglich romanische einschiffige Bau wurde 1710 erweitert und barockisiert. Bei Restaurierungsarbeiten im Jahr 1998 wurde ein ehemaliger Eingang aus der Zeit vor 1700 - vermutlich ein Zugang zur ehemaligen Gruft der Adelsfamilie Walterskirchen - freigelegt.

Frauensäule

Am westlichen Ortsende wurde 1680 die Frauensäule (Pestsäule) errichtet; 1999 erfolgte eine Renovierung der Statue.

Pranger

Der Pranger aus dem Jahr 1747 ist ein Relikt aus jener Zeit, in der in Wolfsthal die Gerichtsbarkeit noch aktiv ausgeübt wurde. Ursprünglich stand er nahe dem Mauthaus am ehemaligen Ortsende, wurde erst viel später an den heutigen Platz versetzt und 1999 renoviert.

Willkommen in Wolfsthal

Gemeindeamt Wolfsthal
Tel.: 02165/62676, Fax: 02165/62676-6
e-mail: gde.wolfsthal@netway.at
www.wolfsthal.at

Einwohner:	*1.082*
Fläche:	*2.177 ha*
Seehöhe:	*149 m*

Zwischen den bewaldeten Hügeln der Königswarte, des Schafberges und dem Donaustrom liegt die Gemeinde Wolfsthal. Weinberge und Felder, Wiesen und Wälder umgeben den kleinen Ort.
Wolfsthal war ursprünglich ein typisches Straßendorf Niederösterreichs als letzte Ansiedlung Richtung Ungarn und der Slowakei, nahe der „Ungarischen Pforte" und später am „Eisernen Vorhang". Der aufstrebende Ort, der aufgrund von Zuzügen stark in die Breite drängt, besitzt eine gute Mischung aus Landwirtschaft, Handel und Industrie.
Bedingt durch seine Lage ist Wolfsthal ein beliebter Ausgangspunkt für Wanderungen und Radtouren. Für Naturliebhaber halten die Auwälder entlang der Donau ein reiches Angebot bereit. Das Gebiet um des sogenannte „Fuchsengründl" beherbergt eine faszinierende Tierwelt; der Eisvogel, der Biber und der Fischotter sind hier heimisch. Auch für Petrijünger bieten sich hier gute Gelegenheiten - die in den letzten Jahren stark verbesserte Wasserqualität des Donaustromes und ein Altarm zeichnen sich durch guten Fischbesatz aus. Eine weitere Möglichkeit für sportliche Aktivitäten bieten die Tennisplätze beim Dorfteich.
Ein Restaurant und mehrere Buschenschenken sind um das leibliche Wohl ihrer Gäste bemüht. Kultur und Tradition, gemütliches Beisammensein und Unterhaltung sorgen für Abwechslung und machen den Aufenthalt in Wolfsthal lebens- und liebenswert.

HAINBURG an der Donau ist aufgrund seiner Lage zwischen zwei Großstädten Wien (50 km) und Bratislava (10 km) mitten im Nationalpark Donau-Auen mit einem großen kulturellen Erbe von den Römern (Archäologischer Park Carnuntum), Kelten (Keltenwall am Braunsberg) bis zum vielbeschriebenen Mittelalter ein wunderbarer Ausgangspunkt für Touristen.

Foto: Karl Walek

STADTGEMEINDE HAINBURG AN DER DONAU

Das Stadtwappen (Original) am Fischertor:
„Ein schreitender Löwe, widersehend, trägt auf seinem Rücken einen Turm. Die Farbe war vermutlich Gold auf Blau. „

Geschichte und Entwicklung

Seit der Urgeschichte bot das Gebiet bei Hainburg den Menschen ideale Siedlungsmöglichkeiten, die von der Jungsteinzeit bis in die Gegenwart kontinuierlich genützt wurden.
Am Fuße der Teichberge wurden zahlreiche jungsteinzeitliche Siedlungsspuren und 1980 ein vollständig erhaltenes Skelett (ca. 4000 v. Chr.) gefunden. Besondere Bedeutung kommt einem frühbronzezeitlichen (1800 v. Chr.) Gräberfeld in diesem Gebiet zu, in dem überwiegend „Hockerbestattungen" aufgefunden wurden. Illyrisch-keltische Spuren finden sich an den Hängen des Braunsberges, auf dem sich eine keltische Höhenbefestigung befand.
Zwischen 12 und 9 v. Chr. eroberten die Römer unter Tiberius den pannonischen Raum und auch die Höhenburg auf dem Braunsberg. Die keltische Bevölkerung siedelten sie westlich des von ihnen erbauten Legionslagers an. Wahrscheinlich übertrugen sie auch den Namen Carnuntum auf die neue Stadt. Der Ausbau des Legionslagers zur stärksten römischen Befestigung auf österreichischem Boden und die Ausdehnung der Zivilstadt bis ins heutige Hainburg unterstreichen die Bedeutung dieses Gebietes in militärischer und wirtschaftlicher Hinsicht.
Mit großer Sicherheit kann man während der Völkerwanderungszeit eine kontinuierliche Siedlungstätigkeit durch verschiedene Germanenstämme, Awaren und Slawen zwischen den Resten der Großstadt Carnuntum und Hainburg annehmen.
Es ist nicht mehr festzustellen, wann das erste Hainburg errichtet wurde. Eine erste historische Erwähnung erfolgte im Jahr 1042, als unter Kaiser Heinrich III. die Ostgrenzen des deutschen Reiches durch einen großangelegten Feldzug gegen die Ungarn, bei dem 1042 Heimenburg und Preßburg zerstört wurden, an March und Leitha vorgeschoben wurden. Zur Sicherung des Gebietes wurde die Ungarnmark eingerichtet, als deren zentraler Ort Hainburg gedacht war. Deshalb wurde auf dem Reichstag zu Nürnberg 1050 die Errichtung einer Steinburg beschlossen, auf einer schwer zugänglichen Höhenstellung, wie es nunmehr üblich war. Der Schlossberg bot sich als ideale, die „Hainburger Pforte" beherrschende Höhe für diese Reichsfestung an, unter deren Schutz sich auch bald eine Siedlung entwickelte, die den gleichen Namen trug. Die „Alte-Burg" blieb wohl besiedelt, verlor aber bald an Bedeutung.

In den folgenden Jahren brachten die Babenberger die „Ungarnmark“ in ihren Einflussbereich, wobei auch Reichsburg und Stadt Hainburg in landesfürstlichen Besitz übergingen. Besonders die letzten drei Babenbergerherzöge zeigten besonderes Interesse für diese Stadt, die immer mehr an Bedeutung gewann, durch Pilgerfahrten (die Landroute nach Jerusalem führte die Donau entlang, für die ungarischen Pilger nach San Diago de Campostella führte die Anreise zum „Jakobsweg“ an Hainburg vorbei), durch die frühen Kreuzzüge (deren Ritterheere noch nicht den Seeweg nahmen) und durch den Ungarnhandel (Hainburg besaß bis 1225 das Stapelrecht für den Handel mit Ungarn). Mit einem Teil des Lösegeldes für Richard Löwenherz begann Herzog Leopold V. die Erweiterung der Burg und die Befestigung der Stadt mit Mauern und Türmen. Sein Sohn Leopold VI. setzte die Arbeiten fort, erweiterte die Stadt bis zur Donau und legte einen großen rechteckigen Marktplatz an. Aus dieser Zeit stammen heute noch bedeutende Teile der Tore und der Stadtmauer.
Der monumentale Charakter des Wienertors wurde jedoch erst unter König Ottokar von Böhmen hergestellt, der den Babenbergern als Herzog von Österreich nachfolgte und zum besonderen Förderer von Hainburg wurde. Im Hochmittelalter war Hainburg so bekannt, dass dieser Stadt eine Strophe im Nibelungenlied - dem meistgelesenen Epos jener Zeit - gewidmet wurde.
In der Schlacht an der Leitha bei Ebenfurth wurde 1246 der letzte männliche Babenberger Friedrich erschlagen. Kinderlos hinterließ er im Herzogtum Österreich ein Machtvakuum. Zu jener Zeit war Hainburg Wohnsitz von Friedrichs Schwester, der deutschen Königswitwe Margarethe.
Hier, in der Pankratiuskapelle auf dem Schlossberg, fand am 11. Februar 1252 die Hochzeit Margarethes mit dem jungen Markgraf von Mähren Premysl Ottokar statt, Thronfolger und bereits Mitregent des Königreiches Böhmen, ein Ereignis von großer historischer Tragweite und ein Höhepunkt in der Geschichte Hainburgs. Als Herzog von Österreich und König von Böhmen regierte Hainburgs mächtiger Gönner Ottokar ein großes Territorium und wurde damit zum Konkurrenten

„Haimburg“, nach der Natur gezeichnet von J. Alt

des neu gewählten deutschen Kaisers Rudolf von Habsburg. In Schlacht auf dem Marchfeld 1278 unterlag Ottokar dem Habsburger. Dieser zog die Babenbergerlande als erledigte Reichslehen ein und belehnte damit 1282 seine Söhne. So fiel auch Hainburg in den Besitz der Habsburger und wurde sehr bald, weil es damals noch mit reichlichem Einkommen ausgestattet war, verpfändet.
Die ständig wechselnden Pfandinhaber (die Hainburg nur als Einnahmequelle nutzten und aufgrund der meist nur kurzen Besitzdauer kaum persönliches Interesse an der Stadt hatten), wie auch Kriege, Seuchen und die Landwirtschaftskrise des 16. Jahrhunderts (kleine Eiszeit) führten im 15./16. Jahrhundert zu einem allmählichen wirtschaftlichen Niedergang der im Mittelalter so bedeutenden Stadt.
Matthias Corvinus eroberte 1482 nach fünfmonatiger Belagerung die Stadt, die bis 1490 in ungarischer Hand blieb. Dann eroberte sie Kaiser Maximilian zurück, womit auch die Verpfändungen fortgesetzt wurden. 1529 nahmen die Türken Hainburg ein und zerstörten die im Hainburger Auwald auf einem Felsen gelegene Burg Rottenstein und das Dorf daneben. Burg und Siedlung wurden nicht mehr aufgebaut, die Ruine blieb erhalten und ist heute romantischer Aussichtspunkt über den Nationalpark Donau-Auen.
Die unsicheren Zeiten des Dreißigjährigen Krieges sowie die 1645 und besonders heftig 1679 ausgebrochene Pest verschärften die Not der Hainburger. Das Pestkreuz vor dem Ungartor erinnert heute noch an diese schweren Zeiten. In der ersten Hälfte des 17. Jahrhunderts fanden außerdem im Landgericht Hainburg zahlreiche Hexenverfolgungen statt - und Hexenverfolgungswellen waren immer auch mit wirtschaftlichem Schaden für die betroffenen Gebiete verbunden. Gleichsam den schrecklichen Schlusspunkt dieses steten Niederganges setzte der Türkensturm des Jahres 1683. Mehr als 8000 Menschen befanden sich zu diesem Zeitpunkt in Hainburg (rund 4000 Einwohner, und etwa ebenso viele Flüchtlinge aus den umliegenden Dörfern). Als am 11. Juli 1683 die Türken Hainburg erstürmten, wurde die ganze Stadt niedergebrannt. Nur ca. 100 Einwohner überlebten das Massaker, eine kleine Gruppe davon im großen Selchkamin des Hauses Ungarstraße 10, die meisten wahrscheinlich in den Donauauen. Unter diesen Überlebenden war auch der Großvater Joseph Haydns, dessen Vorfahren in Hainburg wohnten. Noch Jahre nach dem Krieg kehrten vereinzelt Verschleppte in ihre Heimat zurück. Äußerst mühsam und beschwerlich gestalteten sich für die Überlebenden und die Zusiedler der Wiederaufbau der Stadt und die Bewirtschaftung der zerstörten Äcker und Weingärten. Bis ins späte 18. Jahrhundert dauerte der langsame Aufstieg der Stadt zu neuem bürgerlichem Wohlstand. Die Bedeutung, die Hainburg im Mittelalter hatte, erreichte es später nie wieder. Die Wiedererrichtung bzw. der Umbau der Pfarrkirche in den „modernen" barocken Stil begann fast unmittelbar nach dem Türkenkrieg und dauerte bis mindestens 1716.
1723 wurden eine Tabakmanufaktur und eine Tuchfabrik im ehemaligen Minoritenkloster gegründet. Der wirtschaftlich Vorteil der beiden Betriebe für die Stadt entwickelte sich erst später, da diese Fabriken „privilegiert" waren, d.h., sie benötigten viele städtische Abgaben nicht zu zahlen, und die Sonderrechte der Tuchfabrik machten den örtlichen Tuchmachern große Konkurrenz. Nur ein Teil der Arbeiter musste aus der Umgebung geholt werden, die meisten kamen von anderswo. Aus all diesen Gründen gab es in der Stadt ursprünglich großen Widerstand gegen diese Fabriken. Seit 1784 die Tabakfabrik in staatliche Verwaltung übernommen worden war, ist aber dieser Betrieb die wirtschaftliche Basis der Stadt als bedeutendster Arbeitgeber und Bauherr. Einen weiteren Aufschwung verzeichnete Hainburg, als 1810 in der Stadt eine Garnison stationiert wurde. Das k.k. Mineurkorps wurde bis 1846 in der ehemaligen Tuchfabrik, der nunmehrigen Wasserkaserne, einquartiert, und im ehemaligen Schloss der Grafen Traun wurde 1854 eine Infanteriekompanieschule eingerichtet. Das 1757 von Graf Gabriel Bethlen erbaute Schloss am Fuße des Schlossberges übernahm 1852 der Staat und richtete dort ein Kadetteninstitut ein. 1868 bis 1918 war dort die k.k. Pionier-Kadettenschule. Die Dampfschiffsverbindung mit Wien seit 1830, der Güterverkehr durch die Bahnlinie nach Bruck

Fischertor - das jüngste und kleinste Stadttor

Mariensäule am Hauptplatz

seit 1887, die Einrichtung der Telegrafenverbindung 1870 sowie die Fertigstellung der elektrifizierten Bahnlinie Wien-Preßburg im Jahr 1914 schufen die Voraussetzungen zu regem wirtschaftlichem Leben. Allein in der Tabakfabrik fanden um 1915 mehr als 2450 Menschen Arbeit.
Der Erste Weltkrieg von 1914-1918 und die Zerschlagung der Donaumonarchie setzten der aufstrebenden Entwicklung Hainburgs ein Ende. Zwar blieb mit dem Infanterieregiment Nr. 1 (später Nr. 13) eine Garnison in Hainburg, die Tabakfabrik beschäftigte immer noch über 2000 Menschen, und durch die rege Wohnbautätigkeit von 1920-1934 breitete sich die Stadt im Westen entlang der Landstraße und im Osten entlang der Preßburger- und der Hofmeisterstraße aus. Doch nunmehr wieder Grenzstadt, sank Hainburg zur Bedeutungslosigkeit eines Provinzstädtchens ab.
Die Zerstörungen des Zweiten Weltkrieges, der für Hainburg am 5. 4. 1945 mit dem Einmarsch sowjetischer Truppen beendet wurde, und die zehnjährige Besatzungszeit gestalteten die Wiederaufbauarbeit der Stadt in der 2. Republik sehr schwer. Aber aus den Bombenruinen entstanden neue Bauwerke. Schon 1948 wurde in der ehemaligen Jägerkaserne ein neues Krankenhaus eingerichtet, Wohnhäuser wurden gebaut, und 1959 konnte das Bergbad eröffnet werden. 1963 wurde die neue Tabakfabrik neben dem Ungartor fertiggestellt, wo seit 1974 auch die Zigarettenfilterfabrik untergebracht ist. Allerdings fanden durch die Modernisierung der Produktionsmethoden weitaus weniger Hainburger dort Arbeit. Viele pendeln nach Wien, Schwechat und zum Flughafen. Durch die Einweihung der Donaubrücke 1973 wurde für Hainburg das angrenzende Marchfeld erschlossen, was einen leichten wirtschaftlichen Aufschwung brachte.

Im Mai 1974 wurden in Nieder-Roden (BRD) und im Mai 1975 in Hainburg die Verschwisterungsurkunden der beiden Städte von den Bürgermeistern im Rahmen der Partnerschaftsfeiern unterzeichnet. Seither treffen immer wieder Abordnungen zu verschiedenen Veranstaltungen ein oder fahren in die Partnerstadt.
1984 wurde Hainburg aus seinem beschaulichen Dasein gerissen und war schlagartig über Österreich hinaus bekannt. Das im Auwald gegenüber der Stadt geplante Donaukraftwerk rief einen massiven Widerstand von Naturschützern hervor, die im Dezember desselben Jahres die Au besetzten und den Beginn der Rodungsarbeiten verhinderten.
Die gewaltigen politischen und gesellschaftlichen Umwälzungen im Osten Europas sprengten am 3.12.1989 den „Eisernen Vorhang" und brachten fast über Nacht eine Öffnung der sogenannten „toten Grenze". Am 10.12.1989 marschierten fast 200.000 CSR-Bürger über die Grenze zur Thebner Überfuhr und manifestierten in ihrem „Friedensfest" die neue Freiheit ihres Volkes.
Seither liegt Hainburg am Schnittpunkt des sich „neu ordnenden Europas" und wird sich bemühen müssen, seinem Platz als „Mittler" zwischen Ost und West gerecht zu werden.

Kulturbauten und Sehenswürdigkeiten

Hainburger Stadtbefestigung

Die Hainburger Stadtbefestigung wurde in der ersten Hälfte des 13. Jhdts nach dem modernsten Stand der damaligen Befestigungstechnik errichtet. Die Umfassungsmauer in einer Länge von ca. 2,5 km umschließt die gesamte Altstadt und ist fast vollständig erhalten. In die Mauer integriert sind 15 mächtige Wehrtürme, von den ursprünglich 4 Stadttoren sind drei noch erhalten. Da Stadt und Burg eine befestigte Einheit bilden sollten, wurden die Stadtmauern den Berghang hinauf bis zur Burg geführt.
All das und vor allem die frühe Entstehungszeit und die Tatsache, dass die Anlage kaum durch spätere Eingriffe verändert wurde, macht Hainburg zu der Mittelalterstadt nicht nur in Österreich. Unter den Mittelalterstädten Europas ist sie wahrscheinlich die am wenigsten bekannte, aber mit Sicherheit eine der bedeutendsten.

Burgruine auf dem Schlossberg: Auf dem Schlossberg thront die mächtige Burgfeste aus dem Jahr 1050. Sie war im 12./13. Jhd. eine Residenz der Babenbergerfürsten. Die imposanten Reste der alten Heimoburg konnten durch umfassende Sanierungsarbeiten vor dem Verfall bewahrt werden.
Betritt man durch das Burgtor den Burghof, wird einem erst die Größe und Weitläufigkeit der Anlage bewusst. Die Burgkapelle, die dem hl. Pankratius geweiht ist (in späterer Zeit wird sie auch als „Georgskapelle" bezeichnet), ist sicherlich das älteste Bauwerk auf dem Schlossberg (Mitte 11. Jahrhundert). Seit dem 17. Jahrhundert ist die Kapelle verwaist. Erst 270 Jahre später begann die Arbeitsgruppe Schlossberg, den Bau zu sanieren und als Veranstaltungsraum zu nutzen. Der wohl mächtigste Bau auf dem Schlossberg ist der in drei Geschossen erhaltene Wohnturm, der aufgrund stilistischer Merkmale unter die Bautätigkeit König Ottokar zu datieren ist.
Alljährlich erwachen die alten Gemäuer aus ihrem Schlaf der Geschichte. Die Theatergruppe „Burgspiele Hainburg" versucht in Symbiose mit Raum und Zeit das Flair längst vergangener Epochen einzufangen und wieder mit Leben zu erfüllen.
Wienertor: Das Wienertor, Wahrzeichen der Stadt und markantestes Bauwerk in der Hainburger Wehranlage, zählt zu den interessantesten mittelalterlichen Torburgen Europas. Es ist 20 m hoch,

Burghof auf dem Schlossberg

Wienertor - das repräsentative Stadttor

hat vier Stockwerke und darüber eine 11 m hohe Dachkonstruktion, die original erhalten ist, ebenso wie Torflügel, Fallgitter usw. Der untere Teil stammt aus der 1. Hälfte des 13. Jahrhunderts, der obere Teil wurde unter König Ottokar von Böhmen errichtet. Aus der gleichen Zeit dürften die beiden steinernen „Wächter"-Figuren in der Toröffnung stammen. Der monumentale Torbau überstand nicht nur den Türkensturm von 1683, sondern auch die folgenden Kriegsereignisse im Laufe der Geschichte ohne größere Beschädigung. Erst in den 70-er Jahren des 20. Jahrhunderts setzte der Schwerverkehr dem Wienertor so stark zu, dass in den Jahren 1976-1977 eine umfassende Sanierung durchgeführt werden musste.

Heute beherbergt das Wienertor das Heimatmuseum, eine Ausstellung über archäologische Forschungen und Funde in Hainburg, eine Expositur des Wiener Tabakmuseums und eine karpatendeutsche Sammlung.

Ungartor: Das östliche Stadttor von Hainburg ist das älteste der Stadttore. Es stammt aus der 1. Hälfte des 13. Jhdts. Im Bereich zwischen Ungartor und Burg ist die Stadtbefestigung mit hohen Mauern, Türmen und kleinen „Schlupftoren" besonders gut zu sehen.

Fischertor: Eine schmale Gasse und Treppe führt zum kleinsten und jüngsten Hainburger Stadttor. Das Fischertor stammt aus dem späten 13. oder frühen 14. Jh.. und war der Ausgang zum außerhalb der Mauer gelegenen Stadtviertel der Fischer und Müller. Auch die Gerber, sowie Badhaus, Hebamme und Henker (also die geruchsintensiven und die „anrüchigen" Berufe) waren hier angesiedelt.

Der Karner am Anger

Freiung - ältestes Zentrum von Hainburg

Die historische Stadt Hainburg entwicklete sich ursprünglich um den „Anger" hinter der heutigen Volksschule, wo noch Zeugen der Vergangenheit zu sehen sind:

Lichtsäule: Vermutlich um 1400 als „Ewige-Lichtsäule" oder Totenleuchte wurde die schlanke fast 10 m hohe Säule mitten im ehemaligen Friedhof errichtet. Durch die viereckige Öffnung am Fuße der Säule konnte man das „Ewige Licht" durch den hohlen Säulenschaft ins Lichthäuschen ziehen.

Karner: Der als Beinhaus inmitten des Friedhofes verwendete Rundbau ist ein bedeutendes Denkmal im romanischen Baustil und um 1225, in Hainburgs mittelalterliche Blütezeit, zu datieren. Interessant sind die zahlreichen Steinmetzzeichen, die sich auch in vielen anderen Bauwerken in Hainburg und Umgebung nachweisen lassen. 1989 wurden in einer ersten Bauetappe die Apsis saniert, der Karner mit einem neuen Dach versehen und mit Holzschindeln eingedeckt.

Pranger: Auf dem Anger, dem ehemaligen Hauptplatz Hainburgs, wurde 1957 der Pranger wieder aufgestellt. Die quadratische „Schandsäule" trägt die Jahreszahl 1724, Ketten und Handschellen sind Nachbildungen. Ursprünglich stand der Pranger in der Nähe der Kirche. Die letzte Verwendung als „Schandsäule" zur Bestrafung einer Missetäterin fand 1756 statt.

Stadtpfarrkirche Philipp und Jakob

Schon 1236 wird ein Jakobskirchlein auf dem Marktplatz erwähnt. Diese „Marktkirche" wurde 1545 umgebaut, worauf heute noch die gotischen Strebepfeiler, die im Chor der Kirche zu erkennen sind, hinweisen. Bereits um 1628 wurde die Kirche, den Aposteln Philipp und Jakob geweiht, als Pfarrkirche verwendet. 1685 wurde mit dem Wiederaufbau der Pfarrkirche begonnen, die sich im wesentlichen als Erweiterung der gotischen Jakobskirche im barocken Stil darstellt. Von kunsthistorischer Bedeutung ist die Westfassade der Kirche, die neben späten Renaissanceformen von frühbarocken Stilelementen geprägt wird. Das barocke Hauptportal wurde um 1890 durch einen Vorbau ersetzt, neben dem sich in Nischen die Statuen der Apostel Philipp und Jakob befinden. Vermutlich 1710 kam es zur Einweihung der wiedererrichteten Kirche.

Das bedeutendste Werk des Hochbarock in Hainburg ist der Hochaltar nach einem Entwurf des Malers Hans Michael Beckhl, von dem auch das Altarbild, Christi Himmelfahrt darstellend, stammt. Er wurde 1713/14 errichtet. Neben dem Altar sieht man die kunstvoll geschmiedeten Speisegitter, eine bemerkenswerte Barockarbeit. Auf dem Altar stehen außen die Statuen der Heiligen Leopold und Florian (Landespatrone) und innen die Patrone der Kirche, Jakob und Philipp. In der Seitenwand neben dem Altar steht in einer Nische wohl eine der ältesten und bedeutendsten Herz-Jesu-Darstellungen im deutschen Raum. Es ist eine gotische Plastik, die Christus und den „ungläubigen" Thomas zeigt. Vermutlich stammt dieses wertvolle Stück aus der Martinskirche und ist ins Ende des 13. Jahrhunderts zu datieren. Der rechte Seitenaltar wurde zu einem „Kreuz-Altar" umgestaltet, der anstelle eines Altarbildes ein großes Kruzifix von 1840 trägt. In diesem Seitenschiff wurde der schön gearbeitete, mit zwölfeckiger Schale versehene Taufstein aus rotem Marmor aufgestellt. Der aus einem Stück gearbeitete spätgotische Taufstein stammt noch aus der Martinskirche und dürfte um 1500 entstanden sein.

Stadtpfarrkirche

Ebenfalls aus der Martinskirche dürfte der in der Seitenwand eingelassene romanische Christuskopf aus Stein stammen. Die ehemaligen Ratsherrenstühle, die früher im Chor standen, wurden anlässlich der Innenrenovierung der Kirche 1969/70 an den Wänden der Seitenschiffe aufgestellt. Diese Rokokoschnitzereien stammen aus dem Jahr 1775. Eine besonders kunstvolle Schnitzarbeit aus dem ausklingenden 17. Jahrhundert verziert die südliche Eingangstür. Erwähnenswert ist auch die Haydn-Gedächtnisorgel, die 1982 neu installiert wurde.

Der 57 m hohe barocke Kirchturm wurde 1756/57 über dem ehemaligen kleineren gotischen Turm an der Ostseite der Pfarrkirche errichtet. Dabei verwendete man die Steine der Martinskirche. Stilmäßig zeigt der Turm die Verfeinerung des Barock zum Rokoko und trägt seinen Hauptschmuck im obersten Stockwerk mit den großen Schallfenstern.

Gleich hinter dem Kirchturm neben dem Eingang zur Sakristei wurde 1959 vom Bildhauer Viktor Hammer der Nepomuk-Brunnen aufgestellt. Dabei verband er einen großen Steinklotz (aus dem Schulhof) und die im Meierhof unter Gerümpel gefundene barocke Heiligenstatue zu einem Brunnen.

Mariensäule

Die renovierte Mariensäule auf dem Hauptplatz gehört wohl zu den schönsten und bedeutendsten Rokokodenkmälern Niederösterreichs. Sie wurde 1749 gestiftet von der Stadtrichterswitwe Elisabeth Oppitz - ihr Mann war der Begründer einer aus Mähren nach Hainburg eingewanderten Tuchmacherdynastie, die durch Geldverleih bis hinauf zu den Spitzen der Monarchie zu großem Vermögen und Einfluß kam. Auf der Spitze der pyramidenartigen Säule thront die Statue der unbefleckten Empfängnis. Die steinerne Umfassung ist mit reicher Rokokoverzierung ausgeführt, das schmiedeiserne Gittertor ist ein Meisterwerk spätbarocker Schmiedekunst.

Haydndenkmäler

In Hainburg trifft der Besucher immer wieder auf Spuren von Joseph Haydn. Die **Gedächtnisbüste** in der Ungarstraße soll an die Beziehungen der Stadt zu diesem begnadeten Künstler erinnern, dessen musikalischer Lebensweg von Hainburg aus in die große Welt führte. Als die Eltern das außergewöhnliche musikalische Talent des am 31. 3. 1732 geborenen Joseph erkannten, schickten sie ihn nach Hainburg, wo er die städtische Grundschule besuchte, deren Lehrer sein Onkel war. Der kleine Haydn wohnte von 1738 bis 1740 bei seinen Verwandten im Schulgebäude, Ungarstraße 3. An diese Zeit erinnert heute noch eine **Gedenktafel**, das ehemalige Schulhaus beherbergt die **Haydnbibliothek**. 1932 wurde anlässlich des großen Haydnfestes der **Haydnbrunnen** wieder aufgestellt und in der Kirche die **Haydn-Gedächtnisorgel** gebaut. 1982 wurde eine neue Orgel in der alten Barockbauweise zum 250. Geburtstag Haydns installiert. Die **Hainburger Haydngesellschaft**, 1980 gegründet, widmet sich besonders der Pflege von Haydns Musik, die in vielen Konzerten im **Haydnsaal** der Tabakfabrik zu einem bedeutenden Bestandteil des Hainburger Kulturlebens geworden ist. Im Zuge einer Neugestaltung des Hauptplatzes wurde der Haydnbrunnen 1984 in die Platzmitte versetzt.

Bronzebüste von Haydn in der Ungarstraße

Burgruine Röthelstein

Die Burg „Rottenstein" (Röthelstein), heute eine Ruine, steht auf einem Felsvorsprung 30 m über der Donau. Sie wurde in der Mitte des 12. Jahrhunderts von Hainburger Ministerialen der Babenbergerfürsten errichtet. Im Laufe der 2. Hälfte des 15. Jahrhunderts verfiel sie in Folge von Fehden und Privatkriegen. Zerstörungen durch die Türken folgten. 1561 wurde die Burg bereits als öd bezeichnet. Später wurde die Feste als Steinbruch benützt.

Ehemals hatte diese Burg drei mächtige Türme und war von einer großen Ringmauer mit Graben umgeben. Außer dem bogenförmigen Burggraben und Mauerresten ist heute nichts mehr zu erkennen.

Tabakfabrik und Tabakmagazin (Franziskanerkloster)

Seit 1723 ist Hainburg Tabakstadt. Damals wurde im kaiserlichen Provianthaus, dem ehemaligen Minoritenkloster, eine Tabakmanufaktur gegründet. Diese wurde 1784 im Zuge der Einführung des

Ruine Röthelstein

Tabakmonopols verstaatlicht. In der Zeit der Monarchie war die Hainburger Fabrik die bedeutendste dieses Großraumes. Zahlreiche Werksgebäude wurden im Bereich der westlichen Stadtmauer vom Wienertor zur Donau hin zwischen 1800 und 1850 angebaut, von denen zu Beginn der 80-er Jahre wieder einige abgetragen bzw. verkauft wurden. Neben den Werksbauten wurden auch zahlreiche Wohnhausanlagen für die Beschäftigten errichtet und viele soziale Einrichtungen geschaffen. Schließlich war im Jahr 1915 mit 2.451 Menschen die höchste Beschäftigungszahl erreicht.
Die moderne Zigarettenproduktion machte den Neubau einer Fabrik notwendig. 1963 wurde nach vierjähriger Bauzeit in der neuen Fabrik vor dem Ungartor die Produktion aufgenommen. 1981 war die Umrüstung auf eine neue Maschinengeneration abgeschlossen, bei der eine gewaltige Produktionssteigerung erreicht werden konnte. Heute sind in der Fabrik rund 250 Personen beschäftigt.

1677 wurde der Grundstein zum Bau eines Franziskanerklosters und einer Klosterkirche, St. Anna, gelegt. Von den Türken gebrandschatzt, wurden Kirche und Kloster wieder instandgesetzt. 1787 fiel das Kloster der Josefinischen Klosteraufhebung zum Opfer, der gesamte Komplex wurde von der Tabakfabrik übernommen und als Blättermagazin verwendet.
Die Anlage des Hofes und die Fassade können als Beispiel für gelungene klassizistische Industriearchitektur (1821-40) angeführt werden. Heute ist auch der Hof überdacht und der Bau beherbergt das größte Rohtabaklager der ATW.

Bezirksgericht

Ursprünglich ein stattlicher Renaissancebau, auf den im Hof noch die weitgespannten Arkadenbögen hinweisen. 1905 wurde der Straßentrakt neu gebaut und eine klassizistische Fassade errichtet. 1987 wurde das Haus umgebaut und die Fassade erneuert, wobei man versuchte, den alten Bestand vereinfacht zu rekonstruieren. Das Haus war das einstige k.k. Kameralhaus (staatliches Verwaltungsgebäude).

Rathaus

Es ist das klassische Beispiel eines spätmittelalterlichen Markt-Rathauses (ganz typisch steht es direkt am Marktplatz, weil in seinen unteren Gewölben an Markttagen auch der Stadtwein usw. verkauft wurde). Das Erdgeschoss mit seinen gotischen Sitznischen in der Einfahrt stammt aus dem 14. Jhdt. In diesem Eingangsbereich befindet sich auch der „Kotter". Im 16. und 17. Jhdt. erfolgten Auf- und Zubauten, wobei in dem im Renaissancestil angelegten Hof eine später vermauerte Treppenanlage ins erste Stockwerk führte. Im 18. und 19. Jhdt. wurde bei neuerlich Umbauten und einer Neugestaltung der Fassade auch der Vorbau zum Hauptplatz hin errichtet. Bemerkenswert ist der große Sitzungssaal im ersten Geschoss. Die 1930 vom Innenarchitekten Kühn aus Wien durchgeführte Restaurierung brachte dem Saal sein heutiges würdiges, an den Empirestil anklingendes Aussehen. An den Wänden des Sitzungssaales sind die Gemälde der Hainburger Bürgermeister seit 1785 (vorher Stadtrichter) angebracht.

Hauptplatz mit Haydnbrunnen und Rathaus

Willkommen in Hainburg an der Donau

Einwohner: *5.731*
Fläche: *2.504 ha*
Seehöhe: *165 m*

Gemeindeamt Hainburg an der Donau
Tel.: 02165/62111, Fax: 02165/62410
e-mail: gemeinde@hainburg-donau.gv.at
www.hainburg.at

Eingebettet zwischen der Donau im Norden, dem Braunsberg im Nordosten und den Hundsheimer Bergen im Süden, liegt Hainburg an der Donau, die östlichste Stadt Niederösterreichs. Aus der einstigen Tabakstadt hat sich heute eine kleine Tourismusstadt entwickelt.
In ihrer Mitte erhebt sich der 290 m hohe Schlossberg mit der mächtigen Burgfeste. Von hier aus eröffnen sich uns herrliche Ausblicke auf das historische Hainburg. In der geschichtsträchtigen Kulturstadt mit ihrer 2,5 Kilometer langen Stadtmauer, 15 Wehrtürmen und drei Toren warten sehenswerte Baudenkmäler und bemerkenswerte Zeugnisse aus früheren Tagen darauf, entdeckt zu werden.
Auch an kulturellen Aktivitäten darf es in Hainburg an der Donau nicht fehlen. Die ganze Stadt steht dabei Kulisse - sei es an der Donau, auf Plätzen oder in alten Gemäuern. Die „Burgspiele Hainburg" bestehen seit 1977. Sommerspielort ist der Burghof der Ruine auf dem Schlossberg. Ende Juni und Mitte bis Ende August verzaubert das Burgspiele-Ensemble sein Publikum vor der beeindruckenden Naturkulisse mit luftigen Sommerkomödien, Geschichtsdramen oder Klassikern der Weltliteratur. Eine zweite Produktion im Spätherbst und Winter findet im kleinen Studio-Theater im Kulturbahnhof statt.

Das Museum im Wienertor, die Hainburger Haydn-Bibliothek oder ein Konzert der Hainburger Haydn-Gesellschaft im Haydnsaal sind ebenso einen Besuch wert. Der Karner ist Schauplatz für Dichterlesungen und Ausstellungen zeitgenössischer Künstler.
Zu allen Jahreszeiten wird in der Stadt gefeiert. Im Juni findet auf dem Hauptplatz der Historische Stadtmarkt statt: Alte Handwerkstradition, Menschen in historischen Gewändern, Musik und Kulinarisches stehen dabei im Mittelpunkt. Volksfest, Kürbisfest, Kinderfest, Donaufestival sowie Weinverkostung in der Vinothek oder bei den Heurigen sorgen für einen ausgefüllten Veranstaltungskalender.
Die Hainburger Berge ragen wie Inseln aus der heutigen Agrarlandschaft, sie sind ein Eldorado für naturgeschützte Pflanzen und seltene Tiere. An klaren Tagen eröffnet der Braunsberg seinen Besuchern eine atemberaubende Fernsicht über die Donau-Auen bis ins Marchfeld sowie im Osten in die angrenzende Slowakei auf die Grenzburg Theben und auf die Hauptstadt Bratislava. An späten Nachmittagen sollte man sich hier eine Pause gönnen und den Sonnenuntergang über der Stopfenreuther Au mit dem silbernen Band der Donau genießen.
Ein kleiner Teil der Befestigungsanlage der Wallburg auf dem Braunsberg wurde von Archäologen rekonstruiert und ist weithin sichtbar als markantes Zeichen jener ehemaligen keltischen Höhensiedlung. Als Vorposten pannonischer Flora und Fauna bietet der Berg eine besonders reizvolle Landschaft. An den Südhängen gedeihen ausgezeichnete Weinsorten. Ein typischer pannonischer Eichen-Hainbuchenwald mit alten Baumriesen, strauchartigen Linden, Hasel- und Pimpernuss ist auf die etwas feuchteren Nord- und Ostabhänge beschränkt. Auf dem felsigen Untergrund der unbewaldeten Hänge haben sich Trockenrasen entwickelt; das regenarme kontinentale Klima ist eine weitere Voraussetzung für diese asiatisch anmutende Steppenlandschaft. Die gezielte Beweidung mit Schafen hilft beim Erhalt der typischen Flora und soll die besonders artenreichen Lebensräume bewahren. Auf den Trockenstandorten der Hainburger Berge wurden über 1300 Schmetterlingsarten nachgewiesen. Die Smaragdeidechse jagt zwischen Sträuchern und Felsen nach Insekten; wie sie sind verschiedene Tiere und Pflanzen aus Südosteuropa oder Kleinasien eingewandert. Im klimatisch begünstigten Inselvorkommen wie den Hainburger Bergen haben sie bis heute überlebt.
An der Ostseite des Braunsberges ist der Golfsport beheimatet - hier erstreckt sich die ausgedehnte 18-Loch-Anlage des Golfklubs. Das herrlich milde Klima macht den Platz fast das ganze Jahr über bespielbar.
Im kalten Winter 1984 wurde die Stadt zum Symbol für die Rettung einer wunderschönen Naturlandschaft, deren Ruhe und Wildheit, Schönheit und Vielfalt einmalig und wahrlich schützenswert ist. Unter großer Beteiligung der Hainburger Bevölkerung und durch den Einsatz unzähliger Menschen

Burgspiele auf dem Schlossberg

Stadtmuseum Wienertor, urgeschichtliche Sammlung

aus ganz Österreich wurde damals der Auwald bei Hainburg vor einem Kraftwerksbau gerettet und die ‚Hainburger Au" weit über Österreichs Grenzen bekannt. 1996 wurde auf dem Hainburger Schlossberg der „Nationalpark Donau-Auen" gegründet.
Auf Hainburger Seite befindet sich der kleinere Teil des Nationalparks - dieser steht aber dem „großen Bruder am nördlichen Ufer" an Schönheit nicht nach. Ein romantischer Spazierweg führt zur mittelalterlichen Ruine Röthelstein, die sich wie ein Adlerhorst auf einem markanten Felsen hoch über dem Flussufer erhebt. Der Blick kann die ganze Schönheit des Auwaldes erfassen; der Flussbereich unterhalb des Felsens ist besiedelt von einer Biberfamilie. Bei etwas Geduld kann man Enten, Reiher, Eisvogel und abends das Rotwild beobachten, im Winter mit etwas Glück auch Seeadler. Der Weg quert Bereiche, wo die Felswände sich beinahe bis zum Wasser drängen, offene Lichtungen, wo Bänke zum Verweilen einladen. Manchmal begleitet uns der stümisch vorbeisprudelnde Strom, manchmal sanfte teichähnliche Wasserflächen; zwischen mächtigen alten Baumriesen nähert man sich einem kurzen Anstieg zur Ruine.
Auf Bootsfahrten, naturkundlichen Wanderungen und kulturhistorischen Führungen lernt man, die einzigartige Tier- und Pflanzenwelt im Nationalpark zu entdecken und Augen und Ohren für die Schönheiten der Natur bewusst zu öffnen.
Über den Internationalen Radweg kommt der Gast von Wien nach Budapest direkt nach Hainburg. An der neuen Schiffsanlegestelle können große Kreuzfahrtschiffe nun ohne Schwierigkeiten anlegen; diese Anlegestelle ist auch wichtig als Verbindung der beiden Weinstraßen „Römerweinstraße Carnuntum" in Niederösterreich und der slowakischen Weinstraße (Vinna Cesta Malokarpatská).

Fotos: Karl Walek, Hainburg

Marktgemeinde Bad Deutsch-Altenburg

„Ein geteilter Schild, dessen obere Schildhälfte gespalten ist und in ihrem vorderen silbernen Feld eine schwebende schwarze römische Lagermauer mit offenem Tor und zwei Türmen und in ihrem hinteren goldenen Feld eine silberne gotische Kirche mit rechtsstehendem Turm und einer das Dach überragenden gotischen Apsis zeigt, dessen untere rote Schildhälfte durch eine in der Schildmitte stehende kapiteltragende schwarzsilberne Säule, aus welcher drei goldene Wasserströme fließen, geteilt wird."

Geschichte und Entwicklung

Mit einiger Sicherheit dürfte das Gebiet der heutigen Gemeinde schon längere Zeit vor den Römern besiedelt gewesen sein. Von wesentlicher Bedeutung ist jedoch, dass auf dem Boden von Bad Deutsch-Altenburg, etwas außerhalb des Ortes, die Keimzelle der alten Römerstadt Carnuntum liegt. Von hier nahm der Aufstieg Carnuntums zu der zentralen Militärbasis des Wiener Beckens und zur Hauptstadt der Provinz Oberpannonien seinen Ausgang. Dieses römische Erbe ist seit Mitte des 18. Jahrhunderts Bestandteil der wirtschaftlichen, sozialen und kulturellen Entwicklung des Ortes und hat dessen Identität sowie die seiner Bewohner bedeutend mitgeprägt. Nicht zuletzt deshalb wurde der "Archäologische Park Carnuntum" geschaffen, der mit zahlreichen Besichtigungsschwerpunkten und Veranstaltungen dazu beiträgt, die antike Geschichte unserer Region zu begreifen und anhand der zahlreichen archäologischen Ausgrabungen zu erleben.
Nach dem Abzug der Römer aus Pannonien stießen Völker aus dem Osten in dieses Gebiet vor, wovon Funde westgotischer, ostgotischer, langobardischer und awarischer Kleinkunst Zeugnis ablegen. Nachdem das Heer Karl des Großen das Awarenreich um 800 v.Chr. zerschlagen hatte, kamen bayerische und fränkische Siedler in unseren Landstrich, die aber nach 900 n.Chr. der magyarischen Herrschaft wiederum weichen mussten. Erst 991, nach dem Sieg Herzog Heinrichs von Bayern über die Ungarn, fiel das Gebiet wieder dem bayerischen Einflussbereich zu.
Auf dem heutigen Kirchberg, auf dem „Stein", befand sich eine Befestigungsanlage. Die Gründung der Siedlung „Altenburg", die zu ihren Füßen entstand, kann ihrer Siedlungsform nach in das 12./13. Jahrhundert datiert werden. Die erste gesicherte urkundliche Erwähnung des Ortes „Altenburch" stammt aus dem Jahr 1297. 1396 bis 1621 war die Familie Dörr Inhaber der Grundherrschaft; neben mehreren Gütern befanden sich auch Steinbrüche, die schon damals einen wichtigen Wirtschaftszweig in Bad Deutsch-Altenburg darstellten, in deren Besitz. Nach dem Tod des letzten Dörr folgten für kurze Zeit die Geyer von Edelbach als Grundherrn. Im Jahr 1927 wurde der Ort zum Markt erhoben, seit 1928 heißt er „Bad Deutsch-Altenburg".

Unter den Türkenkriegen hatte die Bevölkerung schwer zu leiden. Nach 1529 wurden Kroaten auf den verödeten Höfen angesiedelt. Die Kirche auf dem Berg und der Pfarrhof waren verödet; um 1550 wurde daher die Peter- und Paulskirche im Ort errichtet. Seinen Ruf als Kurort verdankt Bad Deutsch Altenburg seiner heilkräftigen Quelle, die schon die alten Römer in Verwendung hatten, was durch eine in den Jahren 1848 und 1862 freigelegt gewesene große römische Badeanstalt am Westrand des Ortes bewiesen ist. 1549 erhielt der Grundherr Dörr die Bewilligung erteilt, das „Wildbad zu Teutsch-Altenburg" wieder zu errichten. Die folgende Glanzzeit wurde nach rund 150-jähriger Dauer durch abermals hereinstürmende Türkenheere jäh unterbrochen. Erst nach Kauf der Herrschaft durch Johann Rudolf von Ludwigstorff wurde 1710 der Badebetrieb wieder aufgenommen. 1736 waren die „Badekammerln" noch mit Stroh gedeckt. 1826 wurde das Kurhaus durch einen Brand eingeäschert. Ganz beträchtliche Schäden wurden dem Haus auch durch die Fluten der hochwasserführenden Donau zugefügt, besonders im Jahr 1897. Hierauf wurden neue Badekabinen gebaut und das Gebäude um 1,5 m gehoben, nach der Donauregulierung wurde zwischen Kurhaus und Donau nach 1900 der Kurpark angelegt. Eine Erweiterung des Kurhauses erfolgte 1956. Im Jahr 1974 wurde mit dem Bau des neuen Kurzentrums begonnen, das vier Jahre später als „Kaiserbad" eröffnet wurde.
Die ehemalige „Hollitzer-Villa", 1879 von Carl Hollitzer erbaut, ging 1999 in das Eigentum der Marktgemeinde Bad Deutsch-Altenburg über. Vor der Übergabe wurde sie saniert, der Sitzungssaal eingerichtet und der Festsaal neu gestaltet. Am 12. März 2000 fand die feierliche Eröffnung des neuen Gemeindezentrums statt. Der Garten wurde als öffentlicher Park gestaltet, er erhielt einen Musikpavillon und - als besondere Spezialität - ein kleines Heckentheater.

Die ehemalige „Hollitzer-Villa" beherbergt heute das Gemeindezentrum von Bad Deutsch-Altenburg

Kulturbauten und Sehenswürdigkeiten

Karner

Pfarrkirche

Die der Sage nach von König Stephan dem Heiligen von Ungarn gegründete Marienkirche von Bad Deutsch Altenburg besteht aus drei Bauepochen. Der älteste Teil, das romanische Langhaus, wurde vermutlich 1213 von den Brüdern Alban und Johann Dörr errichtet. Der Zubau am südlichen Seitenschiff dürfte als Sakristei oder Kapelle verwendet worden sein und dient heute als Taufkapelle. Der Turm entstand um 1350-1380 und ist in frühgotischem Stil erbaut; das große Wappen am südlichen Strebepfeiler zeigt einen doppelten Löwen mit einem gekrönten Kopf. Der jüngste Teil der Kirche wurde 1380-1400 errichtet und wird dem Baumeister der Herzöge, Michael Chnab aus Klosterneuburg zugeschrieben. Die barocke Inneneinrichtung verbrannte 1774 bis auf die Kanzel, die bei der Gestaltung des Altarraumes 1965 entfernt wurde.
Unweit der Kirche steht der dem heiligen Leonhard geweihte romanische **Karner**, der vermutlich aus der Mitte des 13. Jahrhunderts stammt. Das bemerkenswerteste Detail des Bauwerkes ist das reichverzierte Portal.

Archäologisches Museum Carnuntinum

Das Museum wurde 1903-1904 im Stil einer römischen Landvilla mit Gartenanlage und Lapidarium nach Plänen der Architekten Friedrich Ohmann und August Kirstein errichtet. Die in der österreichischen Museumsarchitektur einmalige Anlage wurde 1988-1992 neugestaltet und restauriert. Heute präsentiert sich das Museum Carnuntinum nicht nur als „Heimstätte für die Funde“ wie vor 100 Jahren, sondern es ist selbst zu einem Denkmal des Jugendstils geworden. Hier wird die Bedeutung des antiken Rom bei der Entstehung und Entwicklung europäischer Kultur in der Zeit zwischen Christi Geburt und dem Ende der römischen Herrschaft in Pannonien in der ersten Hälfte des 5. Jahrhunderts n. Chr. vermittelt. Am Beispiel der Sammlung des Museums wird das Erbe Roms an der Donau zugänglich gemacht.

Links: Kopf der Königin Omphale mit Löwenfell des Herkules; Bronze
Rechts: Jupiter Dolichenus, Silberrelief; Applik an dreieckiger Dolichenus Kulttafel

Archäologisches Museum Carnuntum

Archäologischer Park Carnuntum

Die Anlage erstreckt sich über die beiden Gemeindegebiete Petronell-Carnuntum und Bad Deutsch Altenburg. Die größte archäologische Landschaft Österreichs versetzt den Besucher über 2000 Jahre zurück in die Vergangenheit und gewährt Einblick in das Leben und Treiben der Römer.

Willkommen in Bad Deutsch-Altenburg

Gemeindeamt Bad Deutsch Altenburg
Tel.: 02165/62900, Fax: 02165/62900-7
e-mail: gemeinde@bad-deutsch-altenburg.gv.at
www.baddeutsch-altenburg.at

Einwohner: *1.386*
Fläche: *1.258 ha*
Seehöhe: *172 m*

Dort, wo die Hügel allmählich ins ebene Land übergehen, und die Donau ruhig durch die Landschaft strömt, liegt der Kurort Bad Deutsch-Altenburg. Die kunstgeschichtlich interessante Marienkirche liegt mit dem romanischen Karner auf einer Anhöhe östlich des Ortes; von hier aus eröffnet sich ein wundervoller Ausblick in die Umgebung.

Bereits die Bewohner Carnuntums erbauten vor rund 2000 Jahren nördlich des Ortes ihre Badeanlagen. Die Thermalquellen des Kurortes zählen zu den stärksten Jod-Schwefel-Quellen Mittel-

europas und sind für ihre therapeutische Wirkung berühmt. Die modernen Einrichtungen des Kurzentrums Ludwigstorff sorgen für einen erholsamen Aufenthalt.
Das neue Gemeindezentrum ist nicht nur Sitz der Gemeinde- und Kurverwaltung, hier finden auch viele Veranstaltungen wie Ausstellungen, Diavorträge, Seminare usw. statt. Der Festsaal steht auch standesamtlichen Trauungen zur Verfügung - die prächtige Villa mit dem romantischen Park hat sich zu einem beliebten Trauungsort für Paare nicht nur aus Bad Deutsch-Altenburg, sondern auch aus anderen Ortschaften der Umgebung entwickelt. An einer versteckten Stelle im Inneren des Parks, im Schatten einer mächtigen Eiche, wurde das jüngste Heckentheater Österreichs errichtet: ein kleines Freilichttheater aus fahrbaren Hecken. Aus der gesamten Anlage - mit Pfarrkirche, Karner, Schloss und Museum Carnuntinum eines der herausragenden Bauwerke des Ortes - ist ein Zentrum entstanden, als eine Stätte der Begegnung, Unterhaltung und Gastlichkeit.
Der einzigartige archäologische Park Carnuntum mit seinen römischen Ausgrabungsstätten und das Museum Carnuntinum mit seiner Fülle an römischen Fundstücken erzählen von einer bewegten Geschichte.
Erlebnistouren durch den Nationalpark Donau-Auen vermitteln ein faszinierendes Naturerlebnis. Die „Grüne Wildnis am großen Strom" verbirgt eine einzigartige Flora und Fauna - und jeder Ausflug wird zur Entdeckungsreise.
Durch den Einfluss des pannonischen Klimas zählt die Gegend zu den sonnenreichsten Gebieten Österreichs. Daher gedeiht hier auch guter Wein, der von Besuchern des Ortes in bodenständigen Heurigenlokalen konsumiert werden kann.

Foto: Schön

Marktgemeinde Petronell - Carnuntum

„In blauem Schild das weiße Heidentor auf grünem Grund."

Geschichte und Entwicklung

Die ersten Spuren menschlicher Siedlungstätigkeit auf dem Boden von Petronell stammen aus der Jungsteinzeit. Seit dieser Zeit läßt eine kontinuierliche Abfolge von Funden eine annähernd ununterbrochene Besiedlung vermuten.

Verschiedene Depotfunde in unserer Gegend beweisen, dass bereits in der Bronzezeit ein reger Handel im Donautal und entlang der so genannten Bernstein-Straße stattfand. Schon im Jahre 6 n. Chr. erwähnt die römische Geschichtsschreibung die Keltensiedlung „Carnuntum", die nun zum wichtigen strategischen Stützpunkt des Imperiums ausgebaut wurde. Carnuntum wurde aber nicht nur ein militärisches Zentrum, sondern auf dem Gebiet des heutigen Petronell entstand die Zivilstadt - eine antike Metropole. Die erst zum geringen Teil aufgedeckten Bodendenkmäler beweisen es - mit seinen zwei Militärlagern, mit zwei Amphitheatern, mit Großbauten wie dem Heidentor, der Großen Therme, mit seinen Tempelbezirken und dem erst kürzlich lokalisiertem Forum war Carnuntum tatsächlich ein kleines „Rom an der Donau". Wiederholt hielten sich hier römische Kaiser auf: Domitian, wahrscheinlich Hadrian und viele Monate lang Marc Aurel. Hier wurden Imperatoren ausgerufen: mit vollem Erfolg Septimius Severus, dagegen mit Mißerfolg und gewaltsamem Ende Regalianus. Hier fand im Beisein Diocletians auch die berühmte Vier-Kaiser-Konferenz statt.

Aber immer häufiger wurden die Einfälle „barbarischer Völker", und immer schwieriger wurde es, die Verwüstungen auszubessern und die Menschenverluste zu ersetzen. Der endgültige Niedergang kam nach rund 400 Jahren römischer Herrschaft ...

Das alte Carnuntum starb nicht eines plötzlichen Todes, es war eher ein langsames Verfallen und Veröden. Aber entgegen früheren Vorstellungen dürfte sich eine - wenn auch bescheidene - durchgehende Besiedlung bis weit herauf ins Mittelalter gehalten haben.

Nach dem Abzug der römischen und romanischen Einwohner hausten zunächst germanische Bevölkerungsgruppen in den Ruinen der einstigen Großstadt, später Awaren und Slawen. Vor allem im Legionslager fanden sich Spuren einer kärglichen Besiedlung - auch in den dunklen Jahrhunderten der Völkerwanderung, aus denen fast alle schriftlichen Nachrichten fehlen.

Speziell für Petronell gibt es noch einen weiteren Hinweis, dass hier nicht jahrhundertelang

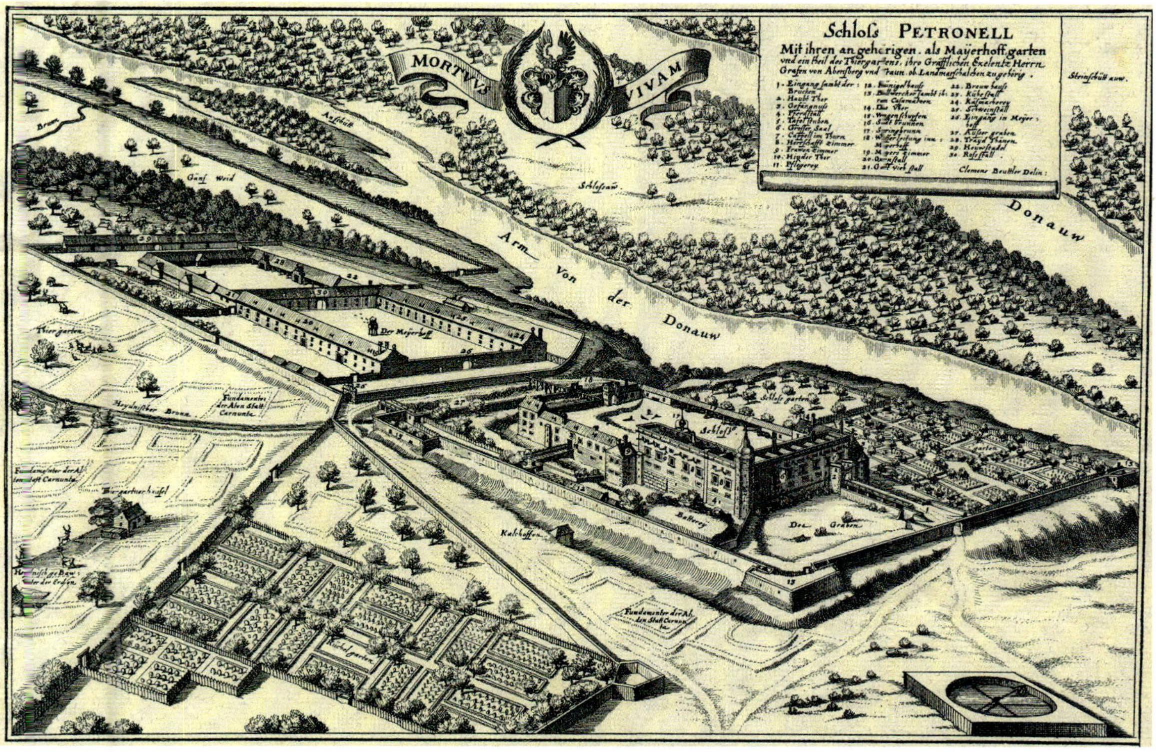

Stich aus M. Merian, Topographia Provinciarum Austriacarum ..., erschienen 1649 in Frankfurt am Main

menschenleere Wüste war, wie alte Geschichtsbücher behaupten: Es ist die Tradition des großen Jahrmarktes zu Petronell. Aus neueren Untersuchungen geht hervor, dass der früher weithin bekannte, überregionale jährliche Markt nicht nur weitaus älter ist, als es durch Urkunden belegt ist, sondern dass seine Wurzeln wahrscheinlich bis in die Antike zurückreichen!

Um das Jahr 805 fällt in den Urkunden zum letzten Mal der Name Carnuntum. Karl der Große wies den besiegten Awaren Wohnsitze zwischen Donau und Neusiedlersee zu. Der Sage nach soll der Kaiser auch die Kirche St. Peter (im ehemaligen Legionslager Vindobona) und St. Petronilla (im ehemaligen Carnuntum) gegründet haben. Später brachte man die Namenspatronin unserer Kirche und unseres Ortes in Zusammenhang mit Agnes, der frommen Witwe nach Kaiser Heinrich III. Sie war eine große Verehrerin der heiligen Petronilla, und ihr zuliebe sollen die Grafen von Vohburg um 1058 herum ihrer Lehensherrin eine Kirche St. Petronilla erbaut und gewidmet haben. Aber auch dafür gibt es keine Beweise. Eine Legende war durch eine andere ersetzt worden...

Tatsache ist, dass die sicher sehr alte Kirche von Petronell unter Bischof Altmann von Passau etwa um 1083 dem Stift Göttweig geschenkt wurde. Die Vohburger, die damals den Landstrich von Haslau bis Hainburg besaßen, hatten zu dieser Zeit als Anhänger des deutschen Kaisers im Lande der päpstlich gesinnten Babenberger nicht mehr viel zu bestellen. Wahrscheinlich ist darin auch die Erklärung zu suchen, dass 1142 Diepold II. von Vohburg seinen Petroneller Besitz an König Konrad III. zurückgab, um ihn seinem Gefolgsmann Hugo als „freies, erbliches Lehen" übertragen zu lassen. Übrigens - der beschenkte Hugo ist der spätere Stammvater des Adelsgeschlechts der Liechtensteiner. Demnach hat das heutige Fürstentum Liechtenstein seine Wurzeln in Petronell! 1142 wurde der Gemeinde Petronell das Marktrecht verliehen.

Dass Petronell aus dem zentralen „Restbestand" des großen Vohburgischen Besitzes zwischen Fischa und Leitha hervorgegangen ist, wirkt bis in die Neuzeit fort. Das relativ große Gemeindegebiet von Petronell liegt - als Einziges in Österreich - an Donau und Leitha; auf seinem Boden gab

es nicht weniger als fünf - inzwischen wieder verschwundene - Dörfer (Gaisberg, Gaurelle, St. Veit, Urbarchirichen, Zwickleinsdorf).
Petronell war immer ein eigener Landgerichtsbezirk und stets geschlossener Besitz einer einzigen Herrschaft. Damit blieb seinen Bewohnern die Merkwürdigkeit erspart, dass nebeneinander wohnende Nachbarn oft Untertanen verschiedener Grundherren waren.
Mit Hugo von Liechtenstein gelangte Petronell für eineinhalb Jahrhunderte in den Besitz dieses aufstrebenden Geschlechts. Es war die Zeit ständiger Ungarneinfälle und der Kreuzzüge.
Aber nicht nur Krieger und Kreuzfahrer zogen durch Petronell. Auch Scharen frommer Pilger folgten der Donau-Route auf ihrem Weg ins Heilige Land. Von den österreichischen Herzögen gefördert, entstanden entlang der Pilgerwege Unterkünfte und Spitäler, so zum Beispiel in Wien, „bei den Schotten". Um die Mitte des 12. Jahrhunderts wurde auch in Petronell ein befestigtes Hospiz zum Schutz der Reisenden und zur Pflege Kranker und Erschöpfter errichtet - die Rundkapelle. Vermutlich war es der Ritterorden der Johanniter oder der Templer, der hier den Pilgersleuten geistlichen und physischen Beistand leistete. Leider fehlen dafür schriftliche Beweise.
Im 13. Jahrhundert entwickelte sich der Ort „St. Petronella" von einem kleinen Haufendorf neben der Pfarrkirche zu einem Straßendorf mit ca. 60 Häusern entlang der Siedlungsachse Hauptstraße. Zusammen mit oberer Langegasse und oberer Kirchengasse wurde ein großer, rechteckiger Marktplatz umspannt, der allerdings später durch Einbauten wieder verkleinert wurde. Seine Reste bilden den heutigen Hauptplatz.
Zu Beginn des 14. Jahrhunderts war die Petroneller Linie der Liechtensteiner im Mannesstamm ausgestorben und 1306 waren - vermutlich durch Heirat - die Kranichberger Herren von „St. Petronell" geworden. Dieses ursprünglich sehr einflussreiche und wohl auch sehr reiche Geschlecht verlor im ausgehenden Mittelalter viel von seinem Besitz. Die Ursache dafür dürften die verheerenden Kriege zwischen Kaiser Friedrich III. und dem Ungarnkönig Matthias Corvinus gewesen sein, die unsere Gegend für lange Zeit wirtschaftlich völlig ruinierten.
1510 gelangte Petronell in den Besitz des neu gegründeten St. Georgs-Ritterordens. Dieser Orden war zum Kampf gegen die am Balkan immer weiter vordringenden Türken gegründet und mit Gebietsschenkungen großzügig ausgestattet worden. Aber während der Kaiser noch vom großen Kreuzzug träumte, hatte Sultan Soliman, „der Prächtige", eine gewaltige Armee aufgestellt ...
Im September 1529 brach das Unheil herein. Dörfer und Städte fielen „im Glutstrom der Rache" den tatarischen Reitern zum Opfer. Die Zerstörungen waren so gründlich, dass viele Orte unserer Umgebung nie mehr aufgebaut wurden - Steinabrunn, Witzelsdorf, Gaisberg ...
Nach dem Ende der ersten Türkenbelagerung Wiens suchte man die schweren Bevölkerungsverluste durch Zuzug von kroatischen Flüchtlingen einigermaßen auszugleichen. Gegen Ende des 16. Jahrhunderts trug ungefähr die Hälfte der Einwohner Petronells kroatische Familiennamen.
Der offensichtlich unfähige St. Georgs-Orden war aufgelöst worden. Sein Besitz - und damit auch Petronell - wurde wieder vom Kaiser eingezogen. Unser Ort diente nun zeitweise als Pfand für kaiserliche Schulden und ging ab 1541 durch die Hände mehrerer Besitzer und Bestandsinhaber. Unter ihnen fällt vor allem Andreas Eberhard Rauber auf, ein Jugendfreund des Kaisers, der es verstand, sein Gut Petronell bis zu seinem Tod 1574 - nicht immer mit feinen Methoden - zu behaupten und zu vergrößern.
Raubers Nachfolger wurde der kaiserliche Rat Wolf Freiherr von Unverzagt. Unter ihm wurde die Herrschaft Petronell weiter vergrößert und modernisiert. Von ihm wurde das Kroatendorf Maria Ellend „auf der grünen Wiese" gegründet und der „große Hof zu Regelsbrunn" erworben.
1610 kaufte Unverzagt die Herrschaft Petronell, die er bis dahin nur gepachtet hatte. Schon vorher hatte der Freiherr begonnen, das Schloss auszubauen und zu befestigen. Bald musste das

wehrhafte Schloss Petronell seine Feuerprobe bestehen. Als 1605 die Haiducken des Stephan Bocskay unsere Gegend plünderten und brandschatzten, konnte sich das Schloss als sicherer Fluchtort für die Bevölkerung behaupten.
Weniger glimpflich verlief der Angriff der verbündeten Böhmen und Ungarn zu Beginn des 30-jährigen Krieges - Petronell wurde im Sturm genommen und „in der Furi alles niedergehaut", wie Zeitgenossen berichten. Noch während des Krieges musste die Familie Unverzagt die Herrschaft Petronell an Freiherrn von Weber auf Bisamberg verkaufen. Bald danach heiratete die Alleinerbin Katharina Ursula Weber im Jahr 1637 Ernst von Traun.
Aber noch einmal streifte der Atem der Kriegsfurie unseren Ort. 1645 stand die schwedische Armee am Nordufer der Donau und verwüstete das Weinviertel mit unvorstellbarer Grausamkeit. Man hörte die Flüche und Drohungen der Schweden übers Wasser schallen, aber diesmal schützte die Donau Petronell. Unter den Grafen von Abensperg und Traun begann nach dem 30-jährigen Krieg eine rege Bautätigkeit. Auch die große Pest von 1679 wurde überstanden. Der Ort hatte nun bereits 90 Häuser und zählte über 500 Einwohner. Das Schloss wurde zu einem architektonischen Prunkstück ausgebaut.

Barockhaus an der ehemaligen Mautstelle; links die Reste des ehemaligen Markttores.

Dann brach das Unglücksjahr 1683 an. Am 7. Juli stieß die tatarische Vorhut auf die weichende kaiserliche Armee. Das bekannte „Gefecht von Petronell" leitete die „Zweite Türkenbelagerung Wiens" ein.
Ein großer Teil des Ortes wurde ein Raub der Flammen. Das schöne neue Schlossgebäude brannte, der Kirchturm stürzte teilweise ein, die Rundkapelle erlitt schweren Schaden. Viele Einwohner wurden getötet oder verschleppt, aber ein beträchtlicher Teil konnte sich über die Donau retten.
Nach dem Abzug der Türken sah es traurig aus. Wieder musste der Menschenverlust mit Zuwanderern ausgeglichen werden.
Der Aufbau begann. In Petronell wurde 1699 der alte Pranger am Marktplatz abgetragen und an seiner Stelle - nach Vorbild der Pestsäule am Graben in Wien - eine Dreifaltigkeitssäule errichtet.
Aber noch war es zu früh, sich über friedliche Zeiten zu freuen. In Ungarn formierten sich Aufständische unter dem Namen „Kuruzzen" (Kreuzträger) gegen die Habsburger. Graf Traun organisierte die Verteidigung der Grenzorte. Von der Petroneller Burggasse bis zum Neusiedler Tabor wurde ein bewehrter Wall gebaut. Südlich von Petronell wurde damals die „Sternschanze" angelegt. Trotzdem konnte nicht verhindert werden, dass die Kuruzzen immer wieder vorstießen, Leute verschleppten, Vieh wegtrieben und Häuser anzündeten. Aber das Schloss erfüllte - wohl zum letzten Mal in seiner Geschichte - seine Aufgabe als Fluchtort für die ganze Umgebung.
Mit dem Abflauen der Kuruzzengefahr erlebte Petronell wieder einen Wachstumsschub. Neubauten entstanden im „Gstettenhäusl" und vor den Toren des Marktes. 1716 hatte der Ort bereits 112 Häuser.
Die Grafen von Abensperg und Traun zählten nun zu den vornehmsten Familien des Landes. Wiederholt weilte Kaiser Karl VI. hier zu Gast. Das Petroneller Gestüt war weithin berühmt. Im Juni 1741 wurde Maria Theresia zur Königin von Ungarn gekrönt. Die Nacht vor dem großen Empfang

in Preßburg verbrachte die junge Monarchin auf Schloss Petronell. Drei Jahre später wurde mit dem Bau der Anna-Kapelle begonnen.
Die langwierigen Kriege gegen Preußen brachten viel Not und Armut über die Bevölkerung. Immer wieder wurden junge Männer als Rekruten ausgehoben und kehrten nach Jahren als Krüppel zurück. Die ohnehin erbärmliche Invalidenversorgung existierte meist nur auf dem Papier ...
Wie sich schon im vorigen Jahrhundert abgezeichnet hatte, wurde nun die Lokalgeschichte immer mehr vom Ablauf der allgemeinen, überregionalen bzw. welthistorischen Ereignisse bestimmt.
Wie überall im Lande entstanden auch hier durch die französische Besetzung in den Jahren 1805 und 1809 schwere wirtschaftliche Schäden.
1830 vernichtete ein Großfeuer die meisten - damals noch stroh- und schindelgedeckten - Häuser entlang der Hauptstraße. Im Jahr danach forderte die Cholera ihre Opfer. Innerhalb von Stunden starben ganze Familien.
1849 endete in Petronell die Grundherrschaft und die Gerichtsbarkeit der Grafen Traun. Robot und Zehent wurden abgeschafft, aber nun musste der Bauer lernen, sich am „freien Markt" und gegen das Finanzamt durchzusetzen ...
1868 erhielt Petronell ein Postamt und einen Postkutschen-Anschluss. Ab 1882 begann die Donauregulierungs-Commission mit ihrer Arbeit. Der Hauptstrom der Donau liegt in Zukunft weit ab vom Ort. Die Eisenbahnlinie Bruck-Hainburg erreichte 1886 Petronell. Der Anschluss zur „großen Welt" war hergestellt.
1895 wurde die Raiffeisen-Kasse gegründet. 1910 hatte Petronell 171 Häuser und 1072 Einwohner.
Der Erste Weltkrieg forderte auch hier seine Entbehrungen und Opfer. 38 Gefallene und Vermißte waren zu beklagen.
Trotz der Wirtschaftskrise der 30er-Jahre wuchs Petronell weiter. Das Bahnviertel entstand.
Im Zweiten Weltkrieg erlitt der Ort schmerzliche Verluste. 48 Soldaten und 17 Zivilisten kamen durch die unmittelbaren Kriegsereignisse ums Leben. 30 Häuser wurden zerstört oder schwerst beschädigt.

Erstaunlich rasch entstand nach dem Krieg Petronell in neuem Glanz. Eine rege Bautätigkeit und eine nie gekannte Lebensqualität entwickelte sich. In den 50er-Jahren entstanden die neue Schule, das Amtshaus, die Wasserleitung, Kanalisation und Kläranlage. Gemeinde- und Siedlungshäuser wurden gebaut, Straßen und Wege staubfrei gemacht, und Petronells Wahrzeichen wurden renoviert.
Seit 1966 führt die Marktgemeinde den offiziellen Namen Petronell-Carnuntum.
Der Durchzugsverkehr - seit der Ost-Öffnung zur Verkehrslawine angeschwollen - wird seit 1989 durch eine moderne Umfahrungsstraße vom Ort ferngehalten. Die uralte Limes- und spätere „Reichs"-Straße gehört im Ortsbereich nun wieder den Petronellern - eine spürbare Verbesserung der Lebensqualität.
Mit der Eröffnung des Archäologischen Parks Carnuntum, des Nationalpark-Hauses und mit den alljährlichen Aufführungen der „Art Carnuntum" im Amphitheater wurden neue kulturelle und touristische Anziehungspunkte geschaffen.

Archäologiepark

Kulturbauten und Sehenswürdigkeiten

Freilichtmuseum

Im sogenannten „Spaziergarten“ konnten Teile der Zivilstadt freigelegt werden; ein planmäßig errichtetes Geschäftsviertel wurde sorgfältig restauriert und dient heute als Freilichtmuseum, in dem man sich ein gutes Bild vom Leben und Treiben in der bedeutenden römischen Provinzhauptstadt machen kann. Ein Lapidarium beherbergt unter anderem zahlreiche Grabsteine und ein Mosaik.

Amphitheater

Amphitheater

Das 15.000 Menschen fassende Amphitheater wurde in der Glanzzeit Carnuntums errichtet, wurde aber im Laufe der Zeit immer mehr von Schutt und Erde verdeckt und geriet in Vergessenheit. Erst 1923 entdeckte man es neu und baute es in den folgenden Jahren teilweise wieder auf.

Palastruine (Große Therme)

Die Ruine ist eines der größten antiken Gebäude in Österreich und war früher vermutlich ein repräsentativer Palast des Statthalters in Pannonien. Große Heizungsanlagen lassen jedoch darauf schließen, dass es sich um eine Badeanlage gehandelt hat. Noch heute vermitteln die Reste des Bauwerkes eine vage Vorstellung von seiner einstigen Pracht.

Heidentor

Unter Kaiser Constantius II. (337-361) wurde am westlichen Stadtrand ein Triumphbau mit vier Bögen errichtet, von dem heute nur noch die Ruine des „Heidentores“ zeugt. Die zwei mächtigen, mit einem Bogen verbundenen Pfeiler sind das charakteristische Wahrzeichen von Petronell-Carnuntum. Das wohl bedeutendste antike Monument auf Österreichs Boden wurde 1907 und neuerlich 1997 renoviert.

Schloss Petronell

Bereits im 11. Jahrhundert wurde mit dem Bau des Wasserschlosses begonnen, das im Laufe der Zeit von seinen Besitzern immer wieder aus- und umgebaut wurde. Auf den Fundamenten dieses Verwaltungssitzes wurde im Jahr 1660 ein neues Schloss von den berühmten Baumeistern Carlone und Cannevale errichtet. 1683 musste der Prachtbau nach einem Brand grundlegend restauriert werden, wobei es seinen heutigen barocken Charakter erhielt. Im Schlosshof, dessen Mitte ein Wasserbecken ziert, führt eine prachtvolle Freitreppe in den Rittersaal, das Prunkstück des großen Schlosses, mit seinen Freskengemälden. Heute befindet sich das Schloss im Besitz der Familie Abensperg-Traun.

Rundkapelle

Johanneskirche (Rundkapelle)

Aus der Zeit der Kreuzzüge (12. Jh.) ist einer der ältesten und wertvollsten romanischen Rundbauten Österreichs erhalten. Die Kirche steht am westlichen Ortseingang und diente ehemals unter anderem als Taufkapelle. Die Gruft der gräflichen Familie Abensperg und Traun wurde erst im 18. Jahrhundert angelegt.

Das wertvolle Kulturdenkmal wurde durch die Türken und Franzosen schwer beschädigt, konnte jedoch erst in den 50er-Jahren umfassend restauriert werden.

Pfarrkirche Hl. Petronilla

Pfarrkirche Hl. Petronilla

Dreifaltigkeitssäule

Die Pfarrkirche wurde im 11. Jahrhundert im romanischen Stil begonnen, im 15. Jahrhundert erhielt sie ein gotisches Seitenschiff, die sogenannte Florianikapelle dazu. Nachdem die Kirche während der Türkenkriege schwer in Mitleidenschaft gezogen worden war, musste sie zum Teil neu aufgebaut werden; unter anderem erhielt der Turm damals ein Zwiebeldach.

Annakapelle

Die Kapelle liegt im westlichen Teil Petronells an der Bundesstraße. Der einfache, kreuzförmige Bau mit dem Altarbild der hl. Anna wurde nach dem letzten Willen der Katharina Gabriele Gräfin von Abensperg und Traun im Jahr 1744 errichtet und dient heute als Aufbahrungshalle.

Dreifaltigkeitssäule

Die wuchtige Pyramidensäule mit der Allerheiligsten Dreifaltigkeit befindet sich am Hauptplatz und wurde durch Otto Ehrenreich I. Graf von Abensperg und Traun um 1700 errichtet.

Willkommen in Petronell - Carnuntum

Römerfest in Carnuntum

Einwohner:	*1.241*
Fläche:	*2.537 ha*
Seehöhe:	*189 m*

Petronell-Carnuntum liegt als einzige Gemeinde Niederösterreichs sowohl an der Donau als auch an der Leitha. Die ehemals größte römische Siedlung in Pannonien steht heute unter Denkmalschutz und ist Anziehungspunkt für alle Liebhaber der Archäologie, Geschichte und Kultur. Zahlreiche Zeugen der Vergangenheit erzählen von ihrer bewegten Geschichte und haben die Gemeinde europaweit bekannt gemacht.
Doch außer den vielen Sehenswürdigkeiten hat uns auch die Natur der Donau-Auen ein faszinierendes Erlebnis zu bieten. In der Wildnis der Aulandschaft, der letzten großen Flusslandschaft in Europa, halten sich die artenreichsten Biotope verborgen. Schönste Touren für Wanderer, Radfahrer und Reiter erschließen die reizvolle Landschaft. Das Gebiet um Petronell-Carnuntum ist mit seinem pannonischen Klima, mit seiner Feuchtigkeit von der Donau her und seinen Schotterböden ein ideales Weinbaugebiet. Bereits Kelten und Römer pflegten die hohe Kultur des Carnuntiner Weinbaues, die sich bis in die heutige Zeit fortgesetzt hat. In den traditionellen Heurigen schenken die Winzer ihre erlesenen Weine aus, dazu gibt es natürlich

„Art Carnuntum" im Amphitheater; Foto: Robert Wilson's „Persephone"

Ein faszinierendes Erlebnis ist eine Exkursion in die Wildnis der Donau-Auen, in der sich die artenreichsten Biotope Europas verborgen halten. *Foto: F. Kovacs*

hausgemachten Imbiss. In den Restaurants und Gaststätten unseres Ortes wird von einer bodenständigen Hausmannskost bis hin zur Feinschmeckerküche alles geboten. Die Freizeit- und Sportmöglichkeiten sind vielfältig und abwechslungsreich; dafür sorgen unter anderem ein schöner Campingplatz, die Möglichkeit zu jagen und zu fischen, ebenso Tennis- und Sportplatz im Ort. Außergewöhnliche Theaterereignisse finden jedes Jahr im Rahmen von „Art Carnuntum" beim Welt-Theater-Festival statt. Im Amphitheater präsentieren Weltklassebühnen Aufführungen griechischer Tragödien und bieten ein unvergessliches Kulturerlebnis.

Texte: A. Nedelik

Gemeindeamt Petronell-Carnuntum
Tel.: 02163/2228
Fax: 02163/2228-4
e-mail: marktgemeinde.petronell@netway.at
www.tiscover.com/petronell-carnuntum

Gemeinde Scharndorf

„Erniedrigt geteilt, oben durch eine silberne Leiste gespalten, vorne in Blau eine silberne Kirche mit gequadertem Turm, schwarzer Tür und schwarzen Fenstern, hinten im Grün ein goldener Ziehbrunnen, unten über blauem Schildfuß mit zwei silbernen Wellenleisten eine dreireihig gequaderte silberne Mauer."

Geschichte und Entwicklung

Seit der Urgeschichte bot das Gebiet um Scharndorf den Menschen ideale Siedlungsmöglichkeiten, die von der Jungsteinzeit bis in die Gegenwart genützt wurden.

Die erste urkundliche Erwähnung von **Scharndorf** unter dem Namen „Scorindorf" erfolgte 1072 im Salbuch des Stiftes Göttweig. Im 13. und 14. Jahrhundert wurde die Kirche in Scharndorf errichtet. 1429 wird die Pfarre unter dem Patronat „Traun-Petronell" genannt. Das Dorf hatte sowohl zu den Grafen Abensperg-Traun-Petronell enge Beziehungen als auch zur Herrschaft Harrach in Rohrau.

1120 erscheint der Ort **Wildungsmauer** mit dem keltischen Namen Volichismure. 1289 wird Gottfried von Wildungsmauer in einem Dokument des Stiftes Heiligenkreuz angeführt.

Der Ort **Regelsbrunn**, wurde im Jahr 1248 als „Regelprunn" erstmalig genannt; er dürfte jedoch bereits 1108 bestanden haben. Anfang des 17. Jahrhunderts kamen Wildungsmauer und Regelsbrunn an die Herrschaft Petronell.

Um 880 war die ganze Gegend dem fränkischen Reich als Grenzmark angegliedert. Neue Siedler aus Bayern folgten. In der Zeit der Abwehrkämpfe gegen die immer wieder einfallenden Ungarn wurde 1043 unter anderem der Wehrturm (der heutige Kirchturm von Scharndorf) errichtet.
Zur Zeit der Kreuzzüge war das Gebiet Durchzugsland. Magyareneinfälle und Brandschatzungen wüteten in den Dörfern. 1283 fiel die Ostmark in den Besitz der Habsburger.
Durch den Einfall der Türken 1529 hatte die Bevölkerung Schreckliches zu erdulden; ein Ort nach dem anderen ging in Flammen auf. Nach dem 2. Türkensturm des Jahres 1683 erfolgte eine Neubesiedlung der arg verwüsteten Dörfer. 1704 zogen die Kuruzzen plündernd und brandschatzend durch das Land, und auch die folgenden Jahrzehnte waren geprägt von Kriegsereignissen, Seuchen und Epidemien und brachten viel Not über die Bevölkerung.

Der Erste Weltkrieg von 1914-1918, die Zerschlagung der Donaumonarchie und die Zerstörungen des Zweiten Weltkrieges hinterließen ebenfalls ihre Spuren. Nach der russischen Besatzungszeit begann die Wiederaufbauarbeit der einzelnen Dörfer. Die Kriegsschäden wurden allmählich beseitigt und der Aufbau der Infrastruktur mit großer Energie in Angriff genommen.

1972 erfolgte die Zusammenlegung der Orte Regelsbrunn, Scharndorf und Wildungsmauer zur Gemeinde Scharndorf.
Das gesamte Ortsbild erhielt eine neue Gestaltung: Kommunale Einrichtungen wurden ausgebaut, Bauland erschlossen, Park- und Grüninselbereiche bepflanzt. Bereits zweimal errang Scharndorf den Landessieg im Blumenschmuckwettbewerb.

Kulturbauten und Sehenswürdigkeiten

Pfarrkirche St. Margareta in Scharndorf

Die Kirche wurde im 13./14. Jahrhundert vermutlich aus dem Material der Feste Scharndorf errichtet. Der Kirchturm stammt aus dem Jahr 1043 und ist ein ehemaliger Wehrturm. Das Gotteshaus wurde im 1. Türkenkrieg zerstört, im 2. Türkeneinfall wurde der Neubau abermals schwer beschädigt. Bis 1697 dürften die Kirche und der Turm wieder hergestellt worden sein.
Das Hauptaltarbild stammt von einem Brucker Maler. 1850 wurde die Kirche mit einem Kreuzweg versehen.

Pfarrkirche in Scharndorf

Pfarrkirche in Regelsbrunn

Filialkirche in Wildungsmauer

Pfarrkirche in Regelsbrunn

Um 1600, zur Zeit der Gegenreformation, ließen die Jesuiten von Graz den Silo Regelsbrunn als Kirche einrichten, im Jahr 1884 erfolgte der Bau des Kirchturmes. 2002 erfolgte eine komplette Außenrenovierung der Kirche.

Filialkirche in Wildungsmauer

Wildungsmauer hatte schon vor 1300 ein Kirchlein. Nachdem Wildungsmauer von der Pfarre Petronell getrennt worden war, wurde es als Filiale nach Regelsbrunn eingepfarrt.
Der romanische Bau steht unter Denkmalschutz und ist von einem Friedhof umgeben.

Die romantische Auenlandschaft

Willkommen in Scharndorf

Einwohner:	*1.047*
Fläche:	*2.852 ha*
Seehöhe:	*187 m*

Gemeindeamt Scharndorf
Tel.: 02163/2303, Fax: 02163/3372
e-mail: gemeinde.scharndorf@gmx.at

Die Gemeinde Scharndorf mit ihren Ortschaften **Regelsbrunn, Scharndorf** und **Wildungsmauer** liegt am Rande des Arbesthaler Hügellandes, in unmittelbarer Umgebung des Nationalpark Donau-Auen, vor den Toren Wiens. Die reizvolle Umgebung und der direkte Zugang zur romantischen Flusslandschaft im Nationalpark Donau-Auen bieten ideale Voraussetzungen, die unbeschreibliche Schönheit der Natur mit ihrer vielfältigen Tier- und Pflanzenwelt zu erkunden. Gemütliche Buschenschenken und nette Gasthöfe laden zur Einkehr ein.

Wirtschaftlich werden die Ortschaften vor allem durch die Landwirtschaft geprägt. Das Freizeitangebot umfasst Tennisplätze und Radwanderwege, für den Nachwuchs gibt es Kinderspielplätze.

Gemeinde Haslau-Maria Ellend

Geschichte und Entwicklung

Einige vorzeitliche Funde beweisen, dass unser heutiges Gemeindegebiet schon früh von Menschen besiedelt war. So kamen im Ried Unterfeld 1943 bei Feldarbeiten zufällig Werkzeuge und Dinge des täglichen Bedarfes aus der Zeit der Urnenfelder- und Hallstattkultur zutage. Ebenfalls aus der Bronzezeit stammende Gegenstände wurden in Maria Ellend gefunden. Bei Grabungen im Ortsried von Haslau fand man Keltengräber mit Beigaben, die aus der Zeit um 400 v.Chr. stammen.
In der Römerzeit führte der sogenannte Donau-Limes, eine Befestigungslinie mit Wachtürmen, Kastellen und Legionslagern, zur Sicherung der römischen Grenzen und Verkehrswege gegen die nördlich siedelnden Markomannen und Quaden, durch unser Gebiet und verband die großen Garnisonen von Carnuntum und Vindobona. Zahlreiche Bauwerke sowie Kleinfunde aus dieser Epoche konnten im Laufe der Zeit aus unserem Boden freigelegt und geborgen werden. Während der Völkerwanderung liegt die Geschichte unserer heutigen Gemeinde weitgehend im Dunkeln.

Im Jahr 1058 wurden die bayerischen Markgrafen von Vohburg-Cham Grundherren unseres Gebietes; unter deren Herrschaft wurde 1083 Haslau a. d. Donau unter dem Namen „Haselawa“ anlässlich der Weihe des Klosters Göttweig erstmals urkundlich erwähnt.
Wahrscheinlich um die Mitte des 13. Jahrhunderts entstand die „Veste Haßlaw“, die in alten Dokumenten auch als „Haus Haßlaw“ bzw. als „Altes Schloß“ bezeichnet wurde und als Stammsitz der Ritter und späterer Ministerialen von Haslau fungierte. Diese Feste wird bereits 1476 als „ödes Schloß“ bezeichnet, da sie Mitte des 15. Jahrhunderts nach kriegerischen Handlungen gegen eine Räuberbande, die sich dort eingenistet hatte, von der Wiener Bürgerwehr erobert und geschliffen worden war. Wegen der gründlichen Schleifung sowie der Erosion durch die Donau wurden Reste dieser Festung nie aufgefunden.
Das Geschlecht der Haslauer hatte einigen Einfluss auf den Lauf der Geschichte; viele Repräsentanten dieser Herrschaft hatten bedeutende Ämter inne. 1436 starb das Geschlecht der

Haslauer aus und ihre Besitzungen gingen auf die Kranichberger in Petronell über.
Um die Mitte des 15. Jahrhunderts verödet das Dorf Haslau, hauptsächlich bedingt durch wirtschaftliche Nöte, Missernten und das vorherrschende Räuberunwesen. Die damals in unmittelbarer Nähe von Haslau liegenden Ansiedlungen Deuptal und Gernstain sind vollkommen verschwunden. Sollten im Türkenjahr 1529 noch Reste des Dorfes Haslau vorhanden gewesen sein, so wurden diese damals endgültig vernichtet.
1540 erfolgte die Wiederbesiedelung von Haslau mit Kroaten; 1579 wurde an Stelle des verödeten Gernstain das Dorf „Unser lieben Frau im Ellendt“ gegründet und ebenfalls mit Kroaten besiedelt; vier Jahre später wurde der Bau der Kirche „St. Markus im Ellend“ in Angriff genommen. Der Ort wurde ein beliebtes Wallfahrtsziel der Kroaten zum Hl. Markus, dem Schutzpatron der Feldfrüchte.

Alte Ansicht aus den 20er Jahren

Während des Dreißigjährigen Krieges wurden beide Dörfer sowohl durch marodierende Söldner als auch durch die Pest schwer in Mitleidenschaft gezogen. Durch den Türkensturm von 1683 wurden die Ortschaften wiederum schwer beschädigt; desgleichen durch Kuruzzeneinfälle der Jahre 1705 und 1709.

Kriegerdenkmal in Maria Ellend

Ab 1737 kam es zu einer stufenweisen Assimilation der Kroaten, systematisch gefördert durch den damaligen Erzbischof und die Staatsgewalt, so dass heute vom Brauchtum dieser Volksgruppe nichts mehr erhalten geblieben ist.
In den Jahren 1770-1774 erfolgte die Errichtung der heutigen Wallfahrtskirche zur Muttergottes im Rosenkranz durch Franz Josef Gabriel Reichsgraf von Abensperg und Traun.
Die ersten Wallfahrten zum Gnadenbild der Muttergottes in der neu errichteten Kirche fanden statt. Seit damals wurde das Dorf nunmehr Maria Ellend genannt.
Mit der Revolution von 1848 kam es in der Folge zum Ende der Grundherrschaft; für die ungarische Revolutionsarmee war auch unsere Gemeinde Aufmarschgebiet.
1906-1914 wurden die Wallfahrtsanlagen mit der Lourdesgrotte in Maria Ellend errichtet.
Mit der Eröffnung der Bahnlinie Wien-Preßburg 1914 verzeichnete der Ort in den folgenden Jahren einen starken Anstieg der Wallfahrten.

Volksschule in Haslau

Kindergarten in Haslau

Vom Zweiten Weltkrieg blieb auch Haslau nicht verschont; bei einem Bombenangriff auf den Ort gab es im Jahr 1944 Tote, Verwundete und zahlreiche Sachschäden. 1945 wurde die Gemeinde von der Roten Armee besetzt. 1960 wurd die Fischerkirche in Haslau a.d. Donau errichtet. Seit 1969 sind die Dörfer Haslau a.d. Donau und Maria Ellend zur heutigen Gemeinde zusammengelegt.

Kulturbauten und Sehenswürdigkeiten

Kreuzweg am Kalvarienberg

Kapelle in Haslau

Fischerkirche in Haslau

Wallfahrtskirche in Maria Ellend

Pfarr- und Wallfahrtskirche zur Mutter Gottes im Rosenkranz in Maria Ellend

Als die im Jahr 1580 erbaute alte Kirche durch einen Hangrutsch abgerissen werden musste, ließ der Grundherr Franz Josef Gabriel Reichsgraf von Abensperg und Traun 1770-1774 eine neue Kirche, eine Pfarre und ein Schulhaus errichten, die jedoch nicht mehr im ehemaligen Ortszentrum von Maria Ellend, sondern an der heutigen Bundesstraße gebaut wurden. Das Gotteshaus stellt das Wahrzeichen der Gemeinde dar und beherbergt das Heiligtum - eine aus Lindenholz geschnitzte Statue mit dem Jesukind -, dem der Ort seinen Namen und den Ruf eines Wallfahrtsortes zu verdanken hat. Der Ruhm der „Muttergottes von Ellend" fand seine Blütezeit um die Jahrhundertwende. 1909 wurde gegenüber der Kirche die Lourdeskapelle errichtet. Umgeben von einem großen Park mit einem Kreuzweg, einem Rosenkranzweg und einigen kleinen Kapellen bietet die Grotte genügend Platz für größere Feierlichkeiten.
1910 wurde auf der Portalfassade der Wallfahrtskirche das sehenswerte Mosaikbild der „Muttergottes an der Straße" angebracht. Im Vorraum des Gotteshauses bietet eine Missionsausstellung Einblick in die weltweite Tätigkeit der Missionare von der Heiligen Familie, die hier seit 1929 ihre österreichische Niederlassung haben.

Rex Regum

Lourdeskapelle

Willkommen in Haslau - Maria Ellend

Einwohner:	1.315 Hauptwohnsitze
	356 Zweitwohnsitze
Fläche:	2.483 ha
Seehöhe:	186 m

Gemeindeamt Haslau/D. - Maria Ellend:
Tel.: 02232/80250
Fax: 02232/80922
e-mail: gde.haslau-mariaellend@netway.at

Foto: Baumgartner

Haslau an der Donau und Maria Ellend liegen am rechten Ufer der Donau, wobei die Ortschaft Haslau direkt am Steilabbruch des Ufers liegt und mit ihrer erhöhten Lage eine herrliche Aussicht bietet.

Die Auen bei Haslau und Maria Ellend bilden Kernbereiche des Nationalparks Donau-Auen und laden zum Erleben dieser einmaligen Flora und Fauna ein. Durch das Nationalparktor führt der Weg hinunter in die Auen. Durch Silberpappeln und Weiden von beeindruckender Größe kommt man an einen Nebenarm der Donau, den man auf einer Steinschüttung überqueren kann, um dann an die Donau zu gelangen. Die meisten Wasservögel sind Wintergäste, die aus dem Norden Europas an die Donau kommen. Nicht selten kann man sogar den Seeadler beobachten, wie er majestätisch über den Strom zieht.

An der Anlegestelle der Überfuhr Haslau-Orth wird in den Sommermonaten ein Fährbetrieb zum Orther Uferhaus auf der anderen Donauseite unterhalten.

Marktgemeinde Orth an der Donau

„In einem roten Schild ein von einem waagrecht liegenden silbernen Ast entspringender, sich vierfach teilender silberner Eichenzweig, der fünf silberne Eicheln trägt."

Geschichte und Entwicklung

Bereits im Neolithikum war der Orther Raum nachweislich kontinuierlich besiedelt; das beweisen Reste steinzeitlicher Gebrauchsgegenstände wie Steinbeile oder Gefäßscherben. Auch aus der anschließenden Bronzezeit kamen einige Funde zutage. Die Bronzegeräte dürften vorwiegend von Süden her durch den Handel auf der Bernsteinstraße um 1000 v. Chr. in unsere Gegend gekommen sein. Aus der mittleren Hallstattzeit stammt ein Flachgrab, in dem eine Schale sowie Scherben von charakteristischen, feinen schwarz verzierten Tongefäßen gefunden wurden.
Eine erste mögliche schriftliche Erwähnung von Orth taucht bereits 861 n. Chr. in einer Schenkungsurkunde auf. Der hierin angeführte Besitz „ad Orthaha" kann allerdings nicht eindeutig lokalisiert werden. Für Orth spricht jedoch die Tatsache, dass eine im Jahr 864 auf dem Besitz „Orthaha" gelegene, zu Ehren des Erzengels Michael geweihte Kirche in einem Urbar des Jahres 1568 als Michaelskirche im Schloss Orth angeführt wird, und die Pfarrkirche des Ortes noch heute den Erzengel Michael als Schutzpatron führt. 1021 und 1025 wird u. a. ein „Orta" als Grenzpunkt in einer Schenkungsurkunde genannt.
Schon im 11. Jahrhundert wurde die Herrschaft Orth begründet. Sie nahm eine Sonderstellung ein, da sie Besitz des Bistums Regensburg war, von diesem aber nicht unmittelbar verwaltet wurde und im Herzogtum Österreich eine autonome Enklave bildete. Orth erlebte seine größte Bedeutung und Macht im 13. und 14. Jahrhundert. Die Blütezeit verdankte es den Domvögten und den Schaunbergern, aber auch der friedlichen, aufbauenden Tätigkeit der Babenberger in Österreich, von der auch die selbständige Herrschaft Orth ihren Nutzen zog. Mit dem Auftreten der Habsburger änderte sich dieser glückliche Zustand, da diese - von ewigen Geldnöten geplagt - Orth immer wieder verpfändeten, und die Herrschaft daher häufig ihren Inhaber wechselte.
Im Zuge der ersten Türkenbelagerung Wiens im Jahr 1529 hatten Orth und die Nachbarschaft durch die an beiden Donauufern streifenden feindlichen Horden schwer zu leiden. Das Schloss Orth wurde gestürmt und arg in Mitleidenschaft gezogen. Das weitgehend verödete und verlassene Dorf wurde in der Folgezeit mit Kroaten nachbestiftet. Vom Beginn des 17. Jahrhunderts bis 1620 verheerten ungarische Rebellenhaufen das Marchfeld. 1645 brachen die Schweden ein; das Schloss Orth wurde eingenommen und geplündert. Die Pest hatte in Orth im Jahr 1679 schrecklich gewütet, die Seuche

erreichte das Dorf 1713 abermals mit voller Wucht. Zu Beginn des 18. Jahrhunderts kamen die Kuruzzen in die Gegend, plünderten abermals, mordeten und brandschatzten. Nach diesen Krisenzeiten setzte wieder durch ein Jahrhundert eine Periode der ruhigen Entwicklung ein. Den Orther Frieden störten jedoch gewaltige Überschwemmungen und Brände.
Napoleon Bonaparte beendete 1809 die ruhigen Zeiten. Auch Orth wurde durch Einquartierungen und Requirierungen gehörig belastet. Während der Wiener Revolution von 1848 schien sich die Marchfelder Landbevölkerung ruhig verhalten zu haben, da jegliche Nachrichten darüber fehlen. 1866 erschienen preußische Truppen in unserer Gegend, die jedoch nur kurze Zeit in Orth blieben. Der Erste Weltkrieg sollte sich sehr bald auf die Versorgungslage der Orther Bevölkerung auswirken, bei Kriegsende fehlte es bereits am Allernotwendigsten. Es folgten die verworrenen politischen Verhältnisse sowie die Weltwirtschaftskrise der 30er-Jahre. Obwohl vom direkten Kriegsgeschehen anfangs verschont, bekam die Bevölkerung Auswirkungen des Zweiten Weltkrieges in Form von Rationierungen und Abgaben bald zu spüren - selbst kleinste Industrie-, Gewerbe- und Landwirtschaftsbetriebe waren in den Dienst der Kriegswirtschaft gestellt. Gegen Kriegsende hatte Orth einen starken Durchzug von zurückflutenden Wehrmachtseinheiten und Flüchtlingen aus dem Osten zu verzeichnen.
Es folgte die Zeit des Wiederaufbaues. In den letzten Jahren entwickelte sich Orth an der Donau mit über 50 Betrieben, einer Volks-, Haupt- und Musikschule, einem Kindergarten sowie Kindergartenhort und Landespensionistenheim zur Zentrale des südlichen Marchfeldes.

Schloss Orth; im Vordergrund die Mariensäule

Kulturbauten und Sehenswürdigkeiten

Schloss Orth

Wechselvoll war das Schicksal der mittelalterlichen Wasserburg, deren mächtige Wehrtürme schon von weitem zu sehen sind. Die Festung Orth wurde bereits im 12. Jahrhundert errichtet. In den Türkenkriegen wurde die düstere Wehrburg zerstört und später wieder aufgebaut. Im 18. Jahrhundert ließ Graf Auersperg einen Teil der Burg zum „Neuen Schloss" umbauen. 1824 erwarb Kaiser Franz I. Schloss Orth; 1918 ging es in den Besitz der Republik Österreich über.
Einst war es der Jagdsitz der Familie Habsburg, heute beherbergt Schloss Orth das **Donau-** und **Fischereimuseum,** das **Heimat-** und **Imkereimuseum**. Das umfangreiche Themenangebot wird jeden Museumsbesucher beeindrucken. Der Turnierhof des Schlosses ist ein stimmungsvoller Innenhof, in dem verschiedene Veranstaltungen abgehalten werden. Im Schlossgarten ist eine botanische Besonderheit zu bewundern - eine riesige Platane aus der Zeit Maria Theresias.

Pfarrkirche

Auf dem wunderschönen, mit Kastanienbäumen bepflanzten Kirchenplatz steht die Pfarrkirche gotischen Ursprungs, die ihr heutiges Aussehen im Barock erhielt. Der Hochaltar ist dem Erzengel Michael geweiht, das Altarbild stammt aus dem Jahr 1819. Das 1950 neu geschaffene Deckengemälde zeigt die in den Himmel aufsteigende Jungfrau Maria und in der Nähe des Musikchores den Erzengel Michael im Kampf gegen das Böse. In unmittelbarer Nähe befindet sich die **Mariensäule** aus dem Jahr 1711. Das Denkmal dürfte zur Abwehr der Pest errichtet worden sein, da die Seuche in Orth schrecklich gewütet hatte. Auf der hohen, von einem Wolkensaum umgebenen Steinsäule erhebt sich die Statue der Mutter Gottes, auf dem viereckigen Unterbau die vier „Pestheiligen" Florian, Augustin, Rochus und Sebastian. Der **Pranger**, ein Symbol der einstigen Gerichtsbarkeit, schließt den Kirchenplatz ab.

Foto: Eva Horak

Fischereimuseum im Schloss Orth

Willkommen in Orth an der Donau

Einwohner: *2.000*
Fläche: *3.340 ha*
Seehöhe: *150 m*

Im Herzen des Nationalparks Donauauen, im Süden des Marchfeldes, und doch nur 25 km von Wien entfernt, liegt Orth an der Donau, eine der ältesten Marktgemeinden. Hier ist die Kornkammer Österreichs, aber auch der Gemüseanbau kommt nicht zu kurz.

Schon von weitem ist das wehrhafte Wasserschloss zu sehen, dessen markante Silhouette mit den mächtigen Ecktürmen das Ortsbild und die weitere Umgebung beherrscht. Ein umfangreiches Informationsangebot zeichnet die Ausstellungen in den Museumsräumen des Schlosses aus. Das „Wissen", das man einsammeln kann, holt man sich bei einem wunderschönen Rundgang durch die vielen Räumlichkeiten des Schlosses. Jedes dieser Museen und Wissensgebiete hat eine große Vielfalt an Interessantem und auch liebevoll Arrangiertem zu bieten. Zusätzlich zu den bestehenden Ausstellungen gibt es jedes Jahr noch eine Sonderausstellung.
Abgerundet wird der kulturell-historische Rundgang auf dem wunderschönen Turnierhof, der zum angenehmen Verweilen einlädt - und als Draufgabe sieht man noch einen bewohnten Storchenbau.

Der Besuch der Schiffmühle Orth - eine Zeitreise in die Vergangenheit Foto: Sabine Bergauer

Orth an der Donau bietet heute zeitgemäßen Standard, vielfältige Kultur- und Freizeitmöglichkeiten sowie hervorragende Gastronomie mit einer breiten Spezialitätenvielfalt.

Die Schiffmühle ist eine originalgetreu nachgebaute und voll funktionstüchtige, auf der Donau schwimmende Mühle und zugleich ein lebendes Museum.

Der Geruch von Holz und Getreide, das Klappern der Mühle, das sanfte Schaukeln der Schiffe und das Rauschen der Donau - mit allen Sinnen ist die Kraft des Wassers spürbar. Die Überfuhr der nur auf dem Wasserwege erreichbaren Mühle findet stilgerecht auf einer Tschaike - ein Nachbau eines Donauholzkriegsschiffes aus der Zeit von 1530 - statt.

In Orth an der Donau ist die Nationalparkverwaltung Donau-Auen angesiedelt. Die Donau-Auen - eines der letzten großen unverbauten Augebiete Europas - bieten zu jeder Jahreszeit ein unvergessliches Naturschauspiel.

Von Orth an der Donau aus gibt es vielfältige Möglichkeiten, die einmalige Landschaft hier mit allen Sinnen kennen zu lernen. Erlebniswanderungen und Bootsexkursionen, Kutschentouren und spezielle Schulprojekte lassen - unter der Führung von gut ausgebildeten Nationalpark-Betreuern - jeden Besuch dieses einmaligen Paradieses zum persönlichen Erlebnis werden.

Schiffmühle in Orth an der Donau Foto: Sabine Bergauer

Es gibt viele Möglichkeiten, hier die Natur mit allen Sinnen kennenzulernen Foto: Baumgartner

Wer Erholung und Entspannung mit sportlichen Aktivitäten verbinden will, ist in Orth an der Donau gerade richtig. Gut ausgebaute Wege laden zum Radwandern ein, und den Petrijüngern stehen herrliche Plätze zum Fischen im Stromgebiet zur Verfügung. Der direkte Donauzugang ist sowohl mit dem PKW als auch auf dem Radweg zugänglich. Beim Orther Uferhaus befindet sich die Anlegestelle der Überfuhr nach Haslau auf der anderen Donauseite. Auf der Donau lädt ein auf einem Schiff errichtetes Kaffeehaus zur Zwischenstation ein.

Anlegestelle für den Fährbetrieb

Gemeindeamt Orth an der Donau
Tel.: 02212/2208, Fax: 02212/2208-17
e-mail: info@orth.at
www.orth.at

MARKTGEMEINDE ECKARTSAU

„In einem schräglinks geteilten Schild im oberen schwarzen Feld ein wachsender silberner Löwe, im unteren roten Feld ein silberner Pfahl."

Geschichte und Entwicklung

Schon in der jüngeren Steinzeit gab es eine nachweisbare Besiedlung des Gemeindegebietes von Eckartsau. Aus der früheren Bronzezeit konnten in Wagram eine Pferdeschwemme sowie ein Knochenschlittschuh und Gefäßscherben geborgen werden. Aus einem Flachgrab der mittleren Hallstattzeit kamen eine Schale und Scherben von charakteristischen feinen, schwarz verzierten Tongefäßen veneto-illyrischer Herkunft zutage. Auch von der Anwesenheit der Römer (2. bis 5. Jahrhundert n. Chr.) zeugen zahlreiche Streufunde.
In der zweiten Hälfte des 11. Jahrhunderts dürfte die Gründung des heutigen Ortes **Eckartsau** erfolgt sein. Erstmals urkundlich genannt wird die Ansiedlung in einer Schenkungsurkunde des Jahres 1180, in der ein gewisser „Heinrich von Ekkarisowe" als Zeuge des Schenkers aufscheint. Im 12. und 13. Jahrhundert tauchen in Urkunden immer wieder Vertreter des Geschlechtes der Edlen von Eckartsau auf. Bis zum Erlöschen dieses Geschlechtes in der männlichen Linie (1507) hatten sich die Eckartsauer reichlich Besitz und Rechte erworben. 1571 wurde Eckartsau an Georg Freiherr von Teuffel verkauft.
Die erste urkundliche Erwähnung von **Kopfstetten** erfolgte 1233 als „Chophstetten", **Pframa** wurde bereits im Jahr 1025 als „Fruhmanaha" genannt. Erstmalig scheint **Wagram** an der Donau in einer Urkunde aus 1351 als „Wagrein" auf, **Witzelsdorf** ist vermutlich schon 1083 als „Wizilinesdorf" bekannt.

Die mittelalterliche Siedlung der heutigen Großgemeinde hatte ein viel dichteres Netz von Ortschaften, als der heutige Zustand erkennen lässt. Viele dieser Gründungen sind wieder verschwunden. In Eckartsau waren dies die vier Wüstungen Gang, Horbeseber, Karpfenwerd und Gerlos, die in den Wirren des 15. und 16. Jahrhunderts zugrunde gingen.
Die erste Türkenbelagerung Wiens 1529 blieb auch für die Herrschaft Eckartsau nicht ohne Folgen. Es wurde gemordet, geplündert und gebrandschatzt - mehr als 400 Schiffe, die berüchtigten „Nassaren", kamen donauaufwärts. Nach dem Friedensschluss wurden die verwüsteten Orte meist mit Kroaten aus dem bosnisch-dalmatinischen Raum wiederbesiedelt. Daher waren auch während der Reformationszeit die meisten dieser Ansiedlungen den ganzen Zeitraum hindurch weitgehend

katholisch geblieben. Von 1605 bis ca. 1720 kamen die Bewohner der Herrschaft Eckartsau kaum mehr zur Ruhe. Zuerst wurden sie 1605-1620 von ungarischen Rebellen (Bocskay, Bethlen) geplagt, 1645/46 von den Schweden heimgesucht, 1683 im Zuge des 2.Türkeneinfalls in Mitleidenschaft gezogen, und 1704-1709 mussten sie sich der Kuruzzen erwehren. Danach trieben sich massenhaft „Raubgesindel und Strolche aller Art“ in unserer Heimat herum, sodass sich die Regierung veranlasst sah, militärisch gegen diese Banden vorzugehen.
1760 wurde die Herrschaft Eckartsau an Kaiser Franz I., dem Gemahl Maria Theresias, verkauft. Dieser verbrachte gerne seinen Jagdaufenthalt im Schloss. Napoleonische Truppen, aber auch die eigene kaiserliche Armee verursachten 1809 durch Requirierungen große materielle Schäden für die Bevölkerung.
1784 und 1787 beschädigten große Überschwemmungen Eckartsau und das Schloss verfiel. 1897 wurde es schließlich zum Landsitz für den Thronfolger Franz Ferdinand I. umgebaut. Der Erzherzog liebte Eckartsau und hielt sich hier gerne mit seiner Familie auf. Es wurden Hofjagden abgehalten und hohe ausländische Gäste empfangen, darunter auch der deutsche Kaiser Wilhelm II. (1908). Besonders erschütternd für die Eckartsauer war daher die Ermordung des Thronfolgerehepaares 1914 in Sarajewo. Im Sommer 1918 kam Kaiserin Zita mit ihren Kindern nach Eckartsau, während sich Kaiser Karl an der bereits zusammenbrechenden Front aufhielt. Nach dessen Verzicht auf die Ausübung der Regierungsgeschäfte zog er mit seiner Familie im November 1918 nach Eckartsau, von wo er im März 1919 nach einem bewegenden Abschied in die Schweiz aufbrach.
In der Zeit zwischen den beiden Weltkriegen hatte auch Eckartsau schwierige Notsituationen durchzustehen. Mit dem Ausbruch des Zweiten Weltkrieges brachen sehr ernste Zeiten für die Bevölkerung an. Durch den Luftkrieg in den Jahren 1943-1945 entstanden Flur-, Gebäude- und Sachschäden. Beim Einmarsch der Russen kam es nur zu kleineren Gefechten. Die durch harte Kämpfe aus Mannsdorf vertriebenen Bewohner erfuhren eine gastliche Aufnahme in der Gemeinde.

Durch die Kriegsereignisse und die russische Besatzung hatte auch das Schloss stark gelitten. In den folgenden Jahren vollzog sich jedoch in Eckartsau und Umgebung durch den Fleiß und die Opferbereitschaft der Bevölkerung ein rascher wirtschaftlicher sowie kultureller Aufstieg, und es wurden Aufbauleistungen erbracht, die sich sehen lassen können.
Seit 1971 bilden die Orte Eckartsau, Kopfstetten, Pframa, Wagram an der Donau und Witzelsdorf die Marktgemeinde Eckartsau. Als besondere Würdigung der erbrachten kommunalen Leistungen erfolgte am 10. Juni 1980 die Verleihung eines eigenen Marktwappens.

Kulturbauten und Sehenswürdigkeiten

Schloss Eckartsau

Das auf das 11. Jahrhundert zurückgehende Wasserschloss wurde um 1730 von Joseph Emanuel Fischer von Erlach vom schweren mittelalterlichen Burgbau zu einem Prunkstück barocker Baukunst umgestaltet. 1760 wurde das Schloss vom Kaiserhaus angekauft. Österreichs letztes Kaiserpaar, Karl I. und Zita, wohnte hier über vier Monate lang in der Zeit der Ausrufung der Republik bis zur Abreise ins Exil im März 1919. In Eckartsau ging die Herrschaft der Habsburger in Mitteleuropa nach 640 Jahren zu Ende. Im April 1919 wurden die habsburgischen Familienfondsgüter in staatliches Eigentum übernommen. Nach dem Zweiten Weltkrieg übernahmen die Bundesforste die örtliche Verwaltung, renovierten das Schloss und machten es der Öffentlichkeit zugänglich. Meisterwerke der großen Künste sind die Giebelgruppe des italienischen Bildhauers Lorenzo Matielli und die Deckengemälde im Prunksaal von Daniel Gran. Ein Rundgang durch die original möblierten Räume der historischen Kaiserwohnung vermittelt die einmalige Atmosphäre einer vergangenen, imperialen Epoche. Das Jagdschloss beherbergt heute neben der Nationalparkforste Eckartsau auch noch Schau- und Seminarräume sowie ein Informationsbüro für den Nationalpark Donau-Auen. Der historische Schlosspark, gestaltet vor über 100 Jahren nach Ideen des Thronfolgers Franz Ferdinand, prägt die Landschaft rund um Schloss Eckartsau.

Festsaal im Jagdschloss

Bibliothek

Pfarrkirche in Eckartsau: Das Gotteshaus, das dem hl. Leonhard geweiht ist, dürfte bereits in der Gründerzeit von Eckartsau errichtet und in der Folge in gotischem Stil ausgebaut worden sein. Bei der letzten Renovierung der Kirche im Jahr 1977 wurde ein Triumphbogen freigelegt, der schon aus romanischer Zeit stammt. Der jetzige renaissance-barocke Bau weist auf die zweite Hälfte des 17. Jahrhunderts zurück. Der Hochaltar besteht aus zusammengesetztem Marmor mit dem Altarbild des Kirchenpatrons vor der Heiligsten Dreifaltigkeit fürbittend für die Herrschaft und den Ort Eckartsau.

Wallfahrtskirche in Kopfstetten: Auf einer kleinen Anhöhe, dem Kirchenberg, liegt die Dorf- und Wallfahrtskirche „Maria Schutz". Das Gotteshaus wurde 1769/70 eingeweiht. Der einfache Bau erfuhr in seiner Geschichte so manche Veränderungen. Beachtenswert sind die schönen Kreuzwegstationen rund um das Kirchlein.

Filialkirche in Pframa: Seit 1722 besitzt der Ort, der nach Eckartsau eingepfarrt ist, eine eigene Filialkirche. Patrozinium und Kirchweihfest ist Kreuzerhöhung.

Filialkirche in Wagram an der Donau: Die Filialkirche des Dorfes, das seit 1969 nach Orth an der Donau eingepfarrt ist, ist der Heiligsten Dreifaltigkeit geweiht.

Pfarrkirche in Witzelsdorf: Etwas nördlich vom Markt entfernt erhebt sich auf einer kleinen Anhöhe die Kirche, die dem heiligen Bischof Martin geweiht ist. Sie zeigt außen schönes romanisches Quaderwerk, barock in Ziegel überhöht, besitzt einen massigen Ostturm, einen frühgotischen Chor mit außen kräftigen romanischen Säulen, und nordseitig ein romanisches Rundbogentor. Der Hauptaltar mit Plastiken stammt aus der ersten Hälfte des 18. Jahrhunderts.

Willkommen in Eckartsau

Einwohner: *1.170*
Fläche: *4.898 ha*
Seehöhe: *153 m*

Eingebettet in die herrliche Landschaft des Nationalparks Donau-Auen liegt die Marktgemeinde Eckartsau mit ihren fünf Katastralgemeinden. Jahrhundertelang waren die Donau-Auen kaiserliches Jagdgebiet. Heute stehen sie als Nationalpark im Interesse des Naturschutzes.
Ein Juwel im Herzen dieser einzigartigen Aulandschaft ist das barocke Jagdschloss Eckartsau. Die im Schloss angesiedelte Nationalpark-Forstverwaltung Donau-Auen hat mit großem Engagement den Wandel vom Holzproduzenten zum Dienstleister an Natur und Mensch vollzogen. Sie ist nicht nur größter Grundbesitzer des Nationalparks, sondern auch maßgeblich an der Planung und Umsetzung der Schutz- und Erhaltungsziele beteiligt.
Schloss Eckartsau ist auch für die jährlich im Juni stattfindenden Kammermusiktage bestens bekannt. Die Konzerte stehen auf höchstem musikalischen Niveau. Das prunkvolle Gebäude bietet ebenso ein herrliches Ambiente für rauschende Feste und Hochzeiten.
Eckartsau ist Ausgangspunkt für zahlreiche Touren durch die reizvolle Umgebung. Hinter der Kirche liegt der Eingang zum Schlosspark mit dem Nationalparktor. Der prächtige Park ist im Stil eines englischen Landschaftsgartens mit zahlreichen exotischen Bäumen angelegt. Der sogenannte Kaiserweg führt rund um das Schloss, die Maria-Theresien-Allee Richtung Donau.

Foto Gager

Geführte Wanderungen durch die Au bringen den Besuchern die Sehenswürdigkeiten der größten intakten Flussauen Mitteleuropas näher. Die große Artenvielfalt an Pflanzen und Tieren ist ein eindrucksvolles Naturerlebnis. Die Au verwandelt sich vom Frühling bis in den Herbst hinein in ein Blütenmeer; vorbei an alten einzeln stehenden Eichen gelangt man an ein stilles Altwasser, wo man mit etwas Glück Sumpfschildkröten beobachten kann, die auf Treibholz in der Sonne liegen. Bei einer Erlebniswanderung, Schlauchboottour oder einer gemütlichen Pferdekutschenfahrt können viele dieser verborgenen Schönheiten entdeckt werden.
Die Informationsstelle der Nationalpark Donau-Auen im Schloss gibt einen umfassenden Einblick in die grüne Wildnis am großen Strom. Jagd und Wild einst und heute sowie die Entstehungsgeschichte der Nationalparks sind Inhalte einer kleinen Ausstellung. Das Büro ist zugleich zentrale Anmeldestelle für das Nationalpark-Angebot.

Gemeindeamt Eckartsau
Tel.: 02214/2202, Fax: 02214/2202-4

e-mail: marktgemeinde@eckartsau.gv.at

Vielfältig und abwechslungsreich ist die faszinierende Welt der Donau-Auen. Sie lässt Ihren Besuch zu einem persönlichen Naturerlebnis werden.

Foto Kovacs

Foto: Kovacs

Foto Antonicek

Marktgemeinde Engelhartstetten

„Ein gespaltener Schild, vorne in rot drei aus dem Schildesfuß wachsende goldene Ähren, hinten in Silber zwei beiderseits gezinnte rote Querbalken.“

Geschichte und Entwicklung

Bis zum 5. Jahrhundert war das Marchfeld nur dünn besiedelt. Eine intensivere Besiedelung erfolgte ungefähr ab der Mitte des 11. Jahrhunderts bis knapp nach 1100.

1441 wurde **Engelhartstetten** als „Engl Hartstetten“ erstmals urkundlich genannt. Trotz der späten Erstnennung ist die Ortschaft viel älter. Der Name deutet auf deutschen Ursprung und zugleich auf eine alte Ansiedlung hin. Im frühen Mittelalter dürfte das Schicksal Engelhartstettens eng mit dem von Niederweiden - eine damals bedeutende Ortschaft mit wehrhafter Burg - verknüpft gewesen sein. Vom Einfall der osmanischen Heeresmacht (1529) und den darauffolgenden Verwüstungen war auch Engelhartstetten nicht verschont geblieben. Der Ort nahm im 16. Jahrhundert kroatische Siedler, die vor den Türken geflüchtet waren, auf.
1570 war Ulrich von Prankh, ein eifriger Anhänger des Protestantismus, Besitzer von Niederweiden und Engelhartstetten. 1685 erwarb Graf Rüdiger von Starhemberg die beiden Ortschaften. 1693 wurde Schloss Niederweiden von Johann Bernhard Fischer von Erlach erbaut.
Groißenbrunn wurde erstmals schon im Jahr 1115 urkundlich als „Chressinprunnen“ erwähnt. Der kleine Wallfahrtsort im nördlichsten Teil der Marktgemeinde kann auf eine bewegte Geschichte zurückblicken. Bis zum Jahr 1771 stand bei der Quelle „Maria Bründl“ eine Kapelle. Aus fast allen Orten des Marchfeldes pilgerten die Gläubigen zum Marienbild der Kapelle; dem Wasser, das der Quelle entsprang, schrieb man heilende Wirkung zu. Als ein frühes bedeutendes historisches Ereignis ist die Schlacht bei Groißenbrunn von Juli 1260 zu erwähnen. Damals standen sich Bela IV., König von Ungarn, und der böhmische König Ottokar II. gegenüber, wobei letzterer den Sieg davontrug. 1655 brach in Groißenbrunn die Pest aus. Leerstehende Anwesen wurden danach mit Kroaten nachbesiedelt. Ab 1725 ist das Leben der Groißenbrunner eng mit Schloßhof und dessen Schloss verbunden.
Loimersdorf: Der Ort „Liupmannstorff“ wurde in den Jahren um 1083 durch deutsche Franken aus der Maingegend besiedelt, was in einem Stiftsbrief des Göttweiger Stiftes urkundlich erwähnt wird. Ab 1150 war das Dorf Teil der Verwaltung durch die Herren von Eckartsau. Im 14. Jahrhundert wurde die Ortsbevölkerung durch Plünderer und Raubritter dezimiert; ebenso durch die Türkenzüge

der Jahre 1529 und 1683. Um 1580 waren bereits die ersten Kroaten in Loimersdorf. Das Dorf gehörte mit Stopfenreuth zur Herrschaft Hof an der March, die 1550 an die steirische Familie Prankh zu Rickersdorf verkauft wurde.

Ein Vorläufer des Ortes **Markthof** dürfte das 1076 erwähnte Dorf „Disinfurth“ gewesen sein, welches aber durch Hochwässer zugrunde ging. Ein höher gelegener Hof dürfte übrig geblieben sein, der durch seine Lage an einem vielbenutzten und wichtigen Übergang über die March an Bedeutung gewann. Mitte des 12. Jahrhunderts wird der „Hof an der March“ im Besitz des Geschlechtes der Eckartsauer erwähnt. Die „Veste Hof“ befand sich an der Stelle des heutigen Markthof in der Mitte des Ortes. 1572 scheint Friedrich von Prankh als Besitzer von „Hof“ auf. Nach einem Urbarium von 1639 gehörte zur Herrschaft Hof an der March der „Markt-Hof“, Leumannsdorf“ sowie die „Veste und das Dörfl Stopfenreuth“. Um die Mitte des 16. Jahrhunderts war der Ort bereits mit Marktrechten ausgestattet. 1906 wurde die Änderung des Namens der Gemeinde Hof an der March in „Markthof“ genehmigt.

Die Entwicklung des Ortes **Schloßhof** ist eng mit der des Schlosses verbunden. Friedrich von Prankh erbaute sich anstelle der “Veste in Markt-Hof“ auf dem sogenannten Hofer Berg ein Castell. Nach mehrmaligem Besitzerwechsel erwarb Prinz Eugen von Savoyen 1725 das Schloss, der es in den folgenden Jahren großzügig und prunkvoll ausgestalten ließ.

Schon die Bernsteinstraße, ein Handelsweg aus vorchristlicher Zeit, querte bei **Stopfenreuth** die Donau. Die Römer legten am Donauufer einen Brückenkopf an, dessen Überreste noch als „ödes Schloss“ nahe der Donaubrücke am Nordufer des Roßkopfarmes erkennbar sind. Um das Jahr 1056 wird erstmals der Ort „Stöpperich“ erwähnt. Daselbst stand auch ein Schloss, das dem Edlen von Stöpperich gehörte. Um 1411 wurde Stopfenreuth zur Marktgemeinde erhoben. 1658 ging der alte Ort in den Fluten der Donau zugrunde. Der neue Besitzer, Freiherr von Lamberg ließ Stopfenreuth an der heutigen Stelle neu aufbauen.

Gartenansicht von Schloss SchloßHof von Canaletto

Die nächsten Jahrhunderte brachten viele kleine Kriege für das ganze Marchfeld; Verwüstungen, Plünderungen und Brandschatzungen waren die Folge. 1701-1711 drangen die Kuruzzen Jahr für Jahr in die Ortschaften ein, plünderten, raubten und töteten.
1725 kam die Herrschaft Hof an der March mit Schloßhof, Loimersdorf und Stopfenreuth an Prinz Eugen von Savoyen. 1727 wurden Niederweiden und Engelhartstetten an den Prinzen verkauft, der sie mit Schloßhof vereinigte. 1755 gingen die Güter in den Besitz Kaiserin Maria Theresias über, die sie ihrem Gemahl Kaiser Franz schenkte. In dieser Zeit standen die Loimersdorfer in besonderer Gunst der Kaiserin, was durch Grundstückschenkungen zum Ausdruck kam. Die Kaiserin besuchte auch gerne die Kirche in Groißenbrunn, ließ ein eigenes Oratorium erbauen und beschenkte das Gotteshaus mit wertvollen Gegenständen. Das Kaiserpaar verbrachte auch sehr viel Zeit in Schloßhof. Mit dem Tod der Kaiserin 1780 war aber die Zeit des Glanzes für den Ort und das Schloss vorbei. Es wurde in den nächsten Jahren nur mehr der Bauzustand zu erhalten versucht. Immer wieder wurde das Schloss von fremden Mächten besetzt und in Beschlag genommen : 1805 von den französischen Truppen Napoleons als Generalstabsquartier, 1866 kurzzeitig vom preußischen Militär; weiters wurden 1938 die vom österreichischen Bundesheer im Schloss untergebrachten Reit- und Fahrausbildungskurse von der deutschen Wehrmacht übernommen.
Im Laufe der Zeit wurde das Marchfeld immer wieder von katastrophalen Hochwässern heimgesucht. Die Fluten des ungebändigten Stromes richteten ungeheuerliche Schäden an. Aber auch das Feuer vernichtete mehrmals fast ganze Dörfer.
Die beiden Weltkriege forderten zahlreiche Opfer unter den Einwohnern der einzelnen Ortschaften. Viele Tote, Gefallene und Vermisste waren zu beklagen. Nach Kriegsende galt es, den Wiederaufbau in Angriff zu nehmen. Sowohl die Gemeindeeinrichtungen als auch die Infrastruktur in den Dörfern mussten geschaffen bzw. verbessert werden. Der allgemeine Aufschwung ließ liebenswerte Orte entstehen und sorgte für eine Verbesserung der Lebensqualität. 1970 schlossen sich die Gemeinden Engelhartstetten, Groißenbrunn, Loimersdorf und Stopfenreuth zur Großgemeinde Engelhartstetten zusammen, 1972 wurde die Marktgemeinde Markthof-Schloßhof angeschlossen. Die erfolgreichen Leistungen der letzten Jahrzehnte wurden 1986 mit der Verleihung eines Gemeindewappens gewürdigt. Im selben Jahr gründete Engelhartstetten eine Partnerschaft mit Bratislava in der Slowakei.

Kulturbauten und Sehenswürdigkeiten

Pfarrkirche in Engelhartstetten

Die Kirche zeigt die nüchterne Bauform aus der zweiten Hälfte des 17. Jahrhunderts und ist dem heiligen Markus geweiht. Der Turm, angeblich von Graf Rüdiger von Starhemberg 1686 errichtet, wurde durch einen Brand vernichtet, der 1815 den größten Teil des Ortes in Schutt und Asche legte, und 1817 wieder hergestellt. Zu beiden Seiten des Hochaltares befinden sich Statuen der Heiligen Peter und Paul.

Pfarrkirche in Groißenbrunn

Im Jahr 1751 wurde an der Stelle einer uralten, baufälligen Kirche das neue Gotteshaus errichtet. Die Kirche, in ihrer geräumigen und freundlichen Bauweise neueren Baustils, erhielt ihre heutige innere Ausgestaltung 1774. Auf dem Hochaltar befindet sich das Bild der Mutter Gottes mit dem Kinde, das 1771 aus der Bründlkapelle hierher versetzt wurde, und dahinter der Kirchenpatron St.

1693 wurde Schloss Niederweiden von Johann Bernhard Fischer von Erlach errichtet.

St. Ägidius. Der Eingang der Kiche, ein schmiedeeisernes Tor, befand sich früher ebenfalls in der Bründlkapelle. 1825 brannten der Pfarrhof und die Kirche ab. Die zerstörten Gebäude wurden sogleich wieder hergestellt und seither mehrmals renoviert.

Pfarrkirche in Loimersdorf

Die ehemalige Filialkirche wurde 1826 ein Raub der Flammen und musste neu aufgebaut werden. 1850 wurde Loimersdorf selbständige Pfarre. Im Zuge der Innenrenovierung der Kirche wurde 1950 an der Südseite eine Sakristei angebaut.

Pfarrkirche in Markthof

Die Kirche wurde wahrscheinlich zwischen 1065 und 1091 erbaut und 1760, zur Zeit Maria Theresias, in ihrer jetzigen Gestalt hergestellt. Kirchenpatron ist der hl. Georg.

Pfarrkirche in Stopfenreuth

Um 1200 wird des Bestehen einer Kirche, aus Holz erbaut, erwähnt. Nach dem Untergang von (Alt-) Stopfenreuth 1658 wurde 1728 unter Prinz Eugen von Savoyen ein neues Kirchlein im wieder aufgebauten Ort errichtet. Unter Kaiserin Maria Theresia wurde die Stopfenreuther Kirche renoviert und ausgebaut. Das Altarbild „Mariens Himmelfahrt“ wurde um 1580 von einem Schüler Leonardo da Vinci's gemalt.

SchloßHof

SchloßHof ist die prunkvollste, größte und berühmteste Schlossanlage des Marchfeldes. Das barocke kaiserliche Jagd- und Lustschloss und der nebenliegende Wirtschaftshof bilden ein Ensemble, mit dem sich Lukas von Hildebrandt und Bauherr Prinz Eugen von Savoyen ein unsterbliches Denkmal gesetzt haben. Die Revitalisierung der riesigen, auf sieben Terrassen gelegenen Parkanlage mit den aufwendig gestalteten Freitreppen, Skulpturen und Toren, die von den Ufern der March zum Plateau der ehemalige Wehranlage führt, wurde in den letzten Jahren begonnen und lässt schon heute das prächtige Ambiente des einst höfischen Lebens erahnen.

In den Prunkräumen von SchloßHof veranstaltet der Marchfelder Schlösserverein seit nunmehr 16 Jahren historische Ausstellungen. Die Festsäle, der Arkadenhof und die stimmungsvolle Taverne sind laufend Veranstaltungsort für Konzerte, Lesungen, Symposien und auch für Hochzeiten, die in der wunderschönen Kapelle einen unvergesslichen Rahmen finden.

Willkommen in Engelhartstetten

Einwohner: *1.812*
Fläche: *6.500 ha*
Seehöhe: *141 m*

Gemeindeamt Engelhartstetten
Tel.: 02214/2292-0, Fax: 02214/2292-22
e-mail: gemeinde@engelhartstetten.at
www.engelhartstetten.at

Die Marktgemeinde Engelhartstetten mit ihren Ortschaften **Engelhartstetten, Groißenbrunn, Loimersdorf, Markthof, Schloßhof** und **Stopfenreuth** liegt in unmittelbarer Umgebung des Nationalparks Donau-Auen, vor den Toren Wiens.
Das ehemals kaiserliche Jagdgebiet mit seinen prachtvollen Barockschlössern Schloßhof und Niederweiden zählt zum Interessantesten, was die Marchregion ihren Besuchern zu bieten hat. Durch die Gründung einer neuen Gesellschaft wird eine Revitalisierung der Marchfelder Schlösserstraße umgesetzt. Einst dienten diese Schlösser dem österreichischen Hochadel als Sommerresidenz, heute bilden sie einen eindrucksvollen Rahmen für Ausstellungen, Konzerte und öffentliche Veranstaltungen. Das zierliche Jagdschloss Niederweiden beherbergt die Informationsstelle für die Marchfelder Schlösserstraße.

Foto: Navara & Golebiowsky

Foto: Navara & Golebiowsky

Undurchdringlicher Dschungel, verwachsene Ufer, paradiesische Stille und eine einmalige Flora und Fauna prägen den Nationalpark Donau-Auen. Ein 350 Jahre altes Forsthaus in der Nationalparkgemeinde Stopfenreuth, direkt am Donauradweg „Passau-Budapest“ gelegen, wurde revitalisiert und zum Auen-Informations-Zentrum und Heurigen ausgebaut. Jedes Jahr kommen Besucher aus aller Welt hierher, um die Schönheiten dieser urtümlichen Landschaft hautnah zu erleben: Geführte Wanderungen, Kanufahrten, Pferdekutschenfahrten - vielfältig und abwechslungsreich ist das Besucherangebot.

Die Erkenntnis um die Bedeutung dieser Landschaft kam fast zu spät. 1984 sollten weite Teile dieser einzigartigen Auwälder einem gigantischen Wasserkraftwerk weichen. Durch die Diskussionen um den Kraftwerksbau und Nationalpark erlangte Engelhartstetten internationale Berühmtheit. Dem Einsatz tausender Menschen, die mit der Besetzung der Stopfenreuther Au einen Umschwung erreichten, ist es zu danken, dass sich in dieser Wildnis die artenreichsten Biotope Österreichs erhalten haben.

Ein grenzüberschreitender Radweg führt von Stopfenreuth nach Engelhartstetten, Schloss Niederweiden, Schloßhof, Marchegg, über die „Interreg Marchbrücke“ in die Slowakei und mit der Fähre zurück nach Hainburg.

REGION LEITHAAUEN LEITHAGEBIRGE

Marktgemeinde Enzersdorf a.d. Fischa

„Ein durch einen silbernen Wellenbalken schräglinks geteilter Schild, oben in Rot ein goldenes Zahnrad, unten in Grün eine goldene Ähre."

Geschichte und Entwicklung

Seit 1970 bilden Enzersdorf a.d. Fischa und Margarethen am Moos eine Gemeinde. Die älteste nachweisbare menschliche Ansiedelung auf dem Gemeindegebiet stammt aus dem Neolithikum. 1931 wurde eine jungsteinzeitliche Wohngrube mit verschiedenen Beigaben entdeckt; diese Funde können in einen Zeitraum zwischen 3500-3000 v. Chr. datiert werden. Einzelfunde der frühbronzezeitlichen Wieselburger Kultur konnten ebenso ans Tageslicht gebracht werden wie auch Funde aus späteren Epochen, was auf eine zeitlich mehr oder weniger intensive, aber konstante Besiedelung unseres Gebietes hinweist. In der Keltenzeit dürfte Enzersdorf an der Ostgrenze des Königreiches Noricum gelegen gewesen sein. Die meisten bisher bekannt gewordenen Funde im Ort können dieser Epoche zugeordnet werden.
Durch die Nähe der in der Römerzeit im 1. nachchristlichen Jahrhundert gegründeten Garnisonsstadt Carnuntum kam es zu einer verstärkten Siedlungstätigkeit in deren Umgebung, sodass auch in Enzersdorf die Existenz einer Siedlung angenommen werden kann; dafür sprechen die Auffindung eines Altares, römischer Mauerzüge und Kleinfunde sowie Gefäße und Münzen.
Auch in Margarethen am Moos zeugen Funde awarischer Grabbeigaben und ein römischer Grabstein in der Kirche von einer weit bis in das 2. Jahrhundert zurückreichenden Besiedelung.
Über die nachrömische Zeit bis zum Beginn des 13. Jahrhunderts, wo die ersten urkundlichen Erwähnungen auftauchen, sind wir für Enzersdorf so gut wie gar nicht unterrichtet. So dürften zuerst germanische Stämme, später Slawen und Awaren und nach deren Unterwerfung fränkisch-bayerische Siedler in diese Gegend gekommen sein. Im 11. Jahrhundert erfolgte, nach dem Zurückwerfen der ständig aus dem Osten vordringenden Magyaren, eine zweite deutsche Kolonisationswelle in der Region. Im Zuge dieser Siedlungstätigkeit dürfte auch das Gebiet um Enzersdorf endgültig und dauernd besiedelt worden sein.
1045 scheint **Margarethen am Moos** gemeinsam mit Parz und Trautmannsdorf in einer Urkunde auf. Die erste urkundliche Erwähnung von **Enzersdorf a.d. Fischa** stammt aus dem Jahr 1050. Beide Orte standen als Festungen des Königreichs Ungarn im Kampf gegen die bajuwarischen Ritterheere des Römischen Reiches Deutscher Nation und erlebten im Jahr 907 den Feldzug der Bayern gegen

Ungarn unter Herzog Luipolt mit. Den Zug von Matthias Corvinus auf Wien, die Kreuzzüge, die Heuschreckenplage und zahlreiche Seuchen musste die Bevölkerung der beiden Dörfer in den nächsten Jahren miterleben. Die Türkeninvasion des Jahres 1529 dürften viele Einwohner von Enzersdorf in Verstecken überlebt haben, worauf die Tatsache hinweist, dass die Ortschaft eine fast rein deutsche Sprachinsel in einer überwiegend kroatischen Umgebung bildete. Der enorme Bevölkerungsrückgang in Margarethen sollte durch Neusiedler aufgehalten werden. Die Grundherren warben vielfach Kroaten an, um die Verödung der unbewohnten Bauernhäuser zu vermeiden.

Dreifaltigkeitssäule in Enzersdorf - alte Ansicht

Beiden Ortschaften wurde zu Beginn des 30-jährigen Krieges durch kaiserliche Einheiten, die in Richtung ungarische Grenze zur Abwehr des aufständischen Fürsten Bethlen Gabor unterwegs waren, beträchtlicher Schaden zugefügt. Auch der große Türkenkrieg hatte katastrophale Verluste an Sachwerten und Menschen in Enzersdorf und Margarethen zur Folge. Beide Wehrburgen wurden bis auf die Grundmauern zerstört und die Ortschaften leergeplündert. Diese Schäden bedeuteten in der Folge für die ohnehin schon schwer angeschlagene Herrschaft den totalen Ruin. Im Jahr 1760 wurde die Herrschaft Enzersdorf a.d. Fischa an Karl Graf Batthyány verkauft.
Seit der Mitte des 18. Jahrhunderts erzwangen staatliche Notwendigkeiten Reformmaßnahmen - getragen von Maria Theresia und vor allem von Joseph II. - die schließlich zum Untergang der Grundherrschaften führen sollten. Die kriegerischen Auseinandersetzungen zwischen der österreichisch-ungarischen Monarchie und dem napoleonischen Kaiserreich Frankreich hatten auch auf Enzersdorf und Margarethen Auswirkungen.

Fürst Montenuovo'sche Gutsverwaltung in der Zwischenkriegszeit in Margarethen am Moos

Im Jahr 1809 requirierten französische Einheiten vor allem die Weinvorräte der Bauern. Kurz danach, 1813, richtete eine ungeheure Überschwemmung erhebliche Schäden an Häusern und landwirtschaftlichen Kulturen an. Während der Revolution von 1848/49 waren beide Orte in die militärischen Auseinandersetzungen zwischen ungarischen Freischärlern und Kaiserlichen am Rande verwickelt. Das schwere Erdbeben von 1927 traf Enzersdorf und Margarethen gleich hart und zerstörte sehr viel an wertvoller Bausubstanz.
Der Erste Weltkrieg forderte zahlreiche Opfer von und unter der Bevölkerung. Die Zwischenkriegszeit war von wirtschaftlichen Schwierigkeiten und politischen Aus-

Der ehemalige Verwalterhof wurde vermutlich im späten 15. Jahrhundert im Renaissancestil errichtet und wird heute als Gemeindeamt genutzt.

einandersetzungen geprägt. Nach dem „Anschluss“ waren die Tage des sieben Jahre dauernden „Dritten Reiches“ mit Jahresbeginn 1945 bereits gezählt. Schon Anfang April erreichten russische Truppen die Orte, und es kam zu Greueltaten unter der Bevölkerung.
Es folgte das Jahr 1955 mit der wiedergewonnenen Freiheit und der Neutralität Österreichs - eine Zeit des Wiederaufbaues und wirtschaftlichen Aufschwunges.

1970 wurden die bis dahin eigenständigen Orte Enzersdorf an der Fischa und Margarethen am Moos zu einer Gemeinde vereinigt.
1974 wurde die „Gemeindepartnerschaft“ mit der Stadt Litschau begründet, die sich hervorragend bewährte und deren freundschaftliche Beziehung durch viele gemeinsame Aktivitäten gepflegt wird.
Viel Tüchtigkeit und Fleiß formten aus den beiden Orten eine leistungsfähige Gemeinschaft. Schließlich wurde am 10. Oktober 1985 der Gemeinde das Marktrecht verliehen.
Bedingt durch die Wirtschaftskonjunktur der 60-er Jahre, die relative Nähe zur Großstadt Wien und die günstige Verkehrslage sind die ehemals reinen Agrargemeinden Enzersdorf a.d. Fischa und Margarethen am Moos zu einem Standort industrieller und gewerblicher Betriebe geworden. Heute verfügt die Marktgemeinde über Funktionen und Einrichtungen in den Bereichen Wirtschaft, Gesundheitswesen, Freizeit und Sport, die zentrale und überregionale Bedeutung haben.

Volksschule Enzersdorf a.d. Fischa

Pfarrkirche St. Thomas

Pfarrkirche Hl. Margaretha

Kulturbauten und Sehenswürdigkeiten

Enzersdorf a.d. Fischa

Pfarrkirche St. Thomas:
Die Errichtung der Pfarre St. Thomas erfolgte nachweislich im 12. Jahrhundert. Starke und langjährige Abhängigkeit bestand zum Schottenstift in Wien.
Zeitdokumente der wechselvollen Geschichte der Jahrhunderte sind die Baustile des Gotteshauses: Romanische Stilelemente aus der ersten Hälfte des 13. Jahrhunderts weisen der Ostturm, der Altarraum und das Presbyterium auf, gotische Formen aus dem 14. Jahrhundert finden sich in der Apsis der Seitenkapelle und in der alten Sakristei.
Die Kirche wurde um 1715 im Barockstil erweitert. In den letzten Jahren erfolgte eine umfangreiche Restaurierung der Kirche.

Die **Dreifaltigkeitssäule** von Bartholomäus Freiherr von Tinti stammt aus dem Jahr 1721. Die Figuren der Heiligsten Dreifaltigkeit und der Schutzheiligen aus der Pestzeit sind steinerne Zeugen dieser Zeit und wurden nach Erlöschen der Seuche zum Dank errichtet.

Der historische Dorfkern von Margarethen am Moos

Der Kirchenplatz von Margarethen am Moos ist der letzte erhaltene Dorfplatz im Renaissancestil in Niederösterreich und bietet folgende Sehenswürdigkeiten:

Pfarrkirche: Vermutlich baute man im 11. Jahrhundert eine Holzkirche, der dann der Steinbau folgte. Die Nordseite der Kirchenmauer weist die Jahreszahl 1144 auf. Charakteristisch ist der massiv gebaute, unten vier- und oben achteckige Turm. Im 15. Jahrhundert wurde das flach geschlossene Chorgewölbe (Altarraum) ohne Strebepfeiler erbaut. Ein an der Südseite der Kirche angeführter Erweiterungsbau (Seitenschiff) stammt aus dem Jahr 1701. 1966 wurde das Kirchendach neu errichtet sowie die Renovierung der Außenmauern vorgenommen. 1980 erfolgte eine Generalsanierung der Innenkirche. Dabei wurden wertvolle Fresken aus verschiedenen Epochen, die bis ins 14. Jahrhundert zurückreichen, freigelegt und restauriert.

Karner: Die Johanneskapelle steht auf dem Boden des ehemaligen Friedhofs. Sie stammt aus dem 13. Jahrhundert und ist demnach etwas jünger als die Kirche. Nachdem sie lange als Ruine stehengeblieben war, wurde 1963 aus diesem Gebäude eine Aufbahrungshalle errichtet. Besonders zu erwähnen sind das äußerst selten vorkommende Spitztonnengewölbe sowie das spätromanische, fünfgliedrige Fenster. Unter dem Karner, im Kellergewölbe, befindet sich das Beinhaus.

Friedhofsallee: Die mächtigen, 1908 gepflanzten Kastanienbäume umsäumen eindrucksvoll den Weg zum neuen Friedhof (1849). Seit 2001 bieten vier Kandelaber-Leuchten einen zusätzlichen optischen Reiz.

Alte Schule: Sie wurde 1792 errichtet und war das erste allgemeine öffentliche Schulhaus im Bezirk Bruck an der Leitha. Jetzt befindet sie sich in Privatbesitz und dient als Wohnhaus.

Karner

Schüttkasten und alte Schmiede: Der Schüttkasten wurde vermutlich im 14. Jahrhundert als Lagerspeicher für den Zehent errichtet.
Unmittelbar daran angebaut befindet sich die alte Schmiede. Sie wurde bereits im Urbar von 1555 als Brauhaus erwähnt. Später diente sie als Färberei, Wäscherei, Gastschenke usw.
Auch diese beiden Gebäude befinden sich jetzt in Privatbesitz und werden als Wohnhäuser genutzt.

Pfarrhof: Der Pfarrhof, ursprünglich als Kloster errichtet, wurde 1745 bis 1925 von den Barnabiten geführt und im Jahr 1925 von den Salvatorianern übernommen. Die mächtige Bauanlage wurde im italienischen Renaissancestil angelegt. Besonders sehenswert ist der herrlich ausgestaltete Freskensaal (ehemaliges Refektorium). Er wurde in den Jahren 1992/93 restauriert und dient nun als Pfarrsaal für diverse Veranstaltungen.

Willkommen in Enzersdorf a.d. Fischa und Margarethen am Moos

Einwohner:	*2.762*
Fläche:	*3.122 ha*
Seehöhe:	*160 / 166 m*

Gemeindeamt Enzersdorf a.d. Fischa
Tel.: 02230/8466, Fax: 02230/8466-22
e-mail: gde.enzersdorf@aon.at

Katastralgemeinden: Enzersdorf a.d. Fischa, Margarethen am Moos, Unterwald

Südlich der Donau, in der Ebene des „Brucker Beckens", liegen die beiden Ortschaften **Enzersdorf an der Fischa** und **Margarethen am Moos**. Der Königsberg mit seiner reichhaltigen pannonischen Flora bietet einen herrlichen Rundblick auf das Arbesthaler Hügelland, das Leithagebirge und die Rosalia bis zum Rax-/Schneebergmassiv. Von hier aus hat man auch einen guten Ausblick auf den ehemaligen k. u. k. Luftschiffhafen sowie auf den Flughafen Schwechat. Die abwechslungsreiche Umgebung lädt zu ausgedehnten Wanderungen und Radtouren auf gut beschilderten Wegen ein; auch hoch zu Ross lässt sich die herrliche Landschaft erkunden. An die lange Tradition des Weinanbaues in Enzersdorf erinnern romantische alte Kellerzeilen sowie die vielen Heurigen, die ganzjährig abwechselnd „ausg'steckt" haben und ihre Gäste mit guten Weinen aus den eigenen Rieden und mit regionalen Schmankerln verwöhnen.

Schloss Margarethen

Märchenhaft schön steht in Margarethen am Moos das Renaissanceschloss Margarethen. Es wurde ursprünglich als Wasserburg angelegt und diente vor 1045 als ungarische Wehranlage. Im Jahr 1683 wurde es von den Kuruzzen eingeäschert und 1760 von Ferdinand Phillip Graf von Harsch im Stil eines Renaissanceschlosses umgebaut. 1830 wurde der Wassergraben eingeebnet und ein prächtiger Schlosspark im englischen Stil angelegt. In der Schlosskapelle finden wir noch Reste von Fresken, die der Schule des Malers Anton Maulpertsch zugeschrieben werden. Von 1871 bis 1951 waren die Fürsten Montenuovo Eigentümer von Schloss und Herrschaft.
Heute ist Schloss Margarethen in Privatbesitz der Familie Schwaner-Ries. Innerhalb kürzester Zeit waren alle Spuren des kurzen Dornröschenschlafes beseitigt. Die alten, ehrwürdigen Gemäuer

blieben erhalten, die Innenräume werden zeitgemäß genutzt und können seit 1999 wieder für diverse Veranstaltungen angemietet werden. Ein herrlich eingerichtetes Standesamt, der große Festsaal mit prunkvoller Holzdecke, zwei weitere Räume mit wunderschönen Stuckdecken und die Schlosskapelle bieten ein angemessenes Ambiente auch für größere Hochzeiten, Empfänge, Seminare, Konzerte ... Eine Hochzeitssuite und andere Räumlichkeiten stehen den Gästen ebenfalls zur Verfügung.
Der eindrucksvolle Innenhof, der Vorgarten sowie der Schlosspark samt Teich verleihen dem Schloss ein romantisches Flair und werden gerne für Fotoaufnahmen oder Sekt-Empfänge genützt.

Verwaltung: Familie Schwaner-Ries,
Tel.: 0664/3941121, 0664/5204951

Marktgemeinde Au am Leithaberge

„Ein grüner Schild (Aulandschaft), geteilt durch einen silbernen Schrägrechtsbalken (Fluss) und belegt mit einer fünfzackigen perlenbesetzten goldenen Adelskrone (Zugehörigkeit zur kaiserlichen Herrschaft Scharfeneck).“

Geschichte und Entwicklung

Ausgedehnte Auwälder, durchflossen von kleinen Wasseradern, könnten dem südlichsten Ort des Bezirkes Bruck an der Leitha, nämlich Au am Leithaberge, seinen Namen gegeben haben. Heute sind diese Auen längst fruchtbarem Ackerland gewichen.
Archäologische Funde beweisen, dass die Gemeinden am Rande des Leithagebirges auf uraltem Siedlungsboden liegen. Diese Zeugnisse treten vor allem in Au am Leithaberge vermehrt in Erscheinung. So kann hier durch Bodenfunde eine permanente Besiedlung seit der Jungsteinzeit nachgewiesen werden. Als besonderes Fundstück gilt ein „Mondidol“ aus der Hallstattzeit, welches zu den schönsten seiner Art in Österreich zählt.

Mondidol der Hallstattzeit; Fundstelle Obere Hauptstraße 28, nach Alexander Seracsin, WPZ XX, Heft 3/4, S. 234

Die spätere Besiedlung erfolgte durch das Bistum Freising vermutlich im 11. Jahrhundert. 1250 wird Au erstmals urkundlich erwähnt. Scheuho von „Owe“ (sprich: „Aue“) dürfte damals Herr auf einer kleinen Wasserburg, die im Ortsteil „Gradina“ (kroatisch: kleine Burg) gestanden hat, gewesen sein.
Die Bewohner des Ortes fanden im 14. Jahrhundert neben der Landwirtschaft in den Steinbrüchen zwischen Au und Loretto, wo der „Auerstein“, ein qualitativ hochwertiger Kalksandstein, für den Bau des Wiener Stephansdomes gebrochen wurde, als Steinbrecher und Steinfuhrwerker Beschäftigung.

Ansichtskarte vor 1909

Beim Türkenansturm 1529 wurde die durchwegs deutsche Bevölkerung des Ortes so weit ausgerottet, dass sich die Herrschaft Scharfeneck gezwungen sah, in Au und auch in den Nachbargemeinden Kroaten anzusiedeln, welche die Orte wieder belebten und das dazugehörige Land bewirtschafteten. Während die Kroaten in Mannersdorf und Hof bald in der deutschen Bevölkerung aufgingen, hielt sich das Kroatentum in Au verhältnismäßig lange. Auch die Pfarrherren waren bis zu Beginn des 19. Jahrhunderts Kroaten.

Die Chronik berichtet von den großen Schwierigkeiten bei der Einführung des Kirchengesanges und -gebetes in deutscher Sprache durch den ersten deutschen Pfarrer, da vor dem nur kroatisch gebetet und gesungen wurde. Der Sprachenstreit musste mit Hilfe des fürsterzbischöflichen Konsistoriums geschlichtet werden. Heute sind nur noch wenige alte Leute der kroatischen Sprache mächtig. Feld und Flurnamen tragen jedoch auch heute noch kroatische Bezeichnungen.

Neben den Türken, die den Ort 1683 ein zweites Mal verwüsteten - die Bevölkerung fand dabei Zuflucht in der Festung Scharfeneck - wurde Au zu Beginn des 18. Jahrhunderts auch mehrere Male von aufständischen Ungarn - den Kuruzzen - geplündert und in Brand gesteckt. 1703 brannten z.B. aus dieser Ursache 75 Häuser nieder. Bei einem abermals durch die Kuruzzen am 5. Februar 1705 entfachten Großbrand wurden neben anderen Häusern nicht nur Pfarrhof und Schule sondern sogar die Kirche zerstört.

Bis zur Angliederung des Burgenlandes an Österreich im Jahr 1921 bildete der Edelbach die Grenze gegen Ungarn. Am südlichen Ortsausgang befand sich an der Straße nach Stotzing ein einstöckiges Mauthaus mit Zollschranken. Hier mussten alle die Grenze passierenden Waren verzollt werden. Nach Wegfall dieser Staatsgrenze hatte das Zollhaus seinen Zweck verloren. Es ging in den Besitz der Gemeinde über und wird heute als Arzthaus verwendet.

Etwa 1,5 km außerhalb des Ortes liegen am genannten Edelbach die beiden Edelmühlen. Hier wurde jahrhundertelang das Korn für die Bauern der Umgebung gemahlen. Nach der Bachregulierung 1969 musste der Mühlenbetrieb eingestellt werden.

Heute sind die zwei Edelmühlen Gastronomiebetriebe - ein empfehlenswertes Restaurant und eine beliebte Heurigenschenke.

Häufige Typhusfälle veranlassten die Gemeinde im Jahr 1927, den Bau einer Wasserversorgung in Angriff zu nehmen. Es war das die erste Wasserleitung der ganzen Gegend. Seit 1930 wird der Ort mit elektrischem Strom versorgt. Nach dem Bau der Ortskanalisation und der Inbetriebnahme der Kläranlage 1988 werden auch die Abwässer ordnungsgemäß entsorgt. Die medizinische Versorgung ist durch eine Arzt-, eine Zahnarzt- und eine Tierarztpraxis gewährleistet.
Seit den Siebziger-Jahren erfuhr Au die größte Erweiterung seines Ortsgebietes. Einerseits wurde in dieser Zeit die Siedlung auf dem „Eiskeller" errichtet, andererseits ein Erholungszentrum um einen Badeteich geschaffen.
Zwischen Kirche und Pfarrhof, vermutlich dem ältesten erhaltenen Gebäude des Ortes, befindet sich nachweislich mindestens seit dem 17. Jahrhundert die Schule. Ursprünglich unterrichtete der Schullehrer alle Kinder in nur einer Klasse. Auf Grund der hohen Schülerzahl wurde das alte Gebäude 1881 durch einen Neubau mit zwei Klassen ersetzt. Doch auch diese Schule erwies sich als zu klein (Die Schülerzahl in einer Klasse stieg einmal bis auf 108 an!), daher wurde sie bereits 1894 um einen weiteren Klassenraum vergrößert. Nach über hundert Jahren Verwendung wurde schließlich 1996/97 die alte Schule durch einen Neubau ersetzt, sodass Au heute über eine der modernsten Schulen des Landes verfügt.
Ein Gasthaus, das Gemeindeamt und ein Geldinstitut runden das bauliche Ensemble des Hauptplatzes ab. Auf diesem befindet sich neben dem Dorfbrunnen auch die schöne Dreifaltigkeitssäule. Diese ließen 1829 Thomas und Barbara Westin aus Dankbarkeit für das Erlöschen der Cholera errichten. Durch Jahrhunderte lebte die Auer Bevölkerung fast ausschließlich von der Landwirtschaft. Daneben gab es bloß einige Gewerbetreibende für die Nahversorgung. Mit der Ansiedlung der Firma Eberspächer im Jahre 1970 zog das Industriezeitalter in die Bauerngemeinde ein.

Dreifaltigkeitssäule am Hauptplatz

Schubertdenkmal mit der Schule im Hintergrund

Kulturbauten und Sehenswürdigkeiten

Pfarrkirche zum Hl. Nikolaus

Pfarrkirche Hl. Nikolaus

Pfarrlich gehörte Au mit den Nachbarorten Hof, Mannersdorf und Sommerein zuerst zur Urpfarre Leithaprodersdorf, einer ungarischen Stephanspfarre. Die Gründung einer eigenen Pfarre in Au fällt in das 14. Jahrhundert. An die damals romanische Pfarrkirche wurde bald eine gotische Seitenkapelle angebaut. Beim Neubau eines frühbarocken Gotteshauses beließ man die beiden alten Apsiden als Altarräume. Sie sind heute Beicht- bzw. Taufkapelle. Doch auch die barocke Kirche wurde, da sie einerseits zu klein, andererseits baufällig geworden war, 1876 durch das heutige, dem hl. Nikolaus geweihten Gotteshaus im neugotischen Stil ersetzt. Der Turm der Kirche wurde 1707 und 1909 erhöht. In ihm befinden sich vier Glocken. Um die Kirche befand sich früher der Friedhof, was durch noch erhaltene barocke Grabsteine, die in der Kirchhofmauer eingelassen sind, bewiesen wird.

Hl. Antonius gegenüber der Kulturhalle

Die Antoni-Säule wurde 1712 am damaligen Ortsende errichtet. An der Statue fehlt bereits das Jesukind. Der hl. Antonius wurde um 1195 als Femando Bullone in Lissabon geboren. Als Franziskaner nahm er den Ordensnamen Antonius an. Ob seiner theologischen Fähigkeiten erteilte ihm die Kirche die Würde eines Kirchenlehrers. Er starb 1231 und ist in Padua begraben. Sein Namenstag (Sterbetag) wird am 13. Juni gefeiert.

„Seibersdorfer"-Kapelle in der Straße nach Seibersdorf

Über die Entstehung dieser einfachen Kapelle ist nichts bekannt. Das ursprünglich in ihr befestigte (Barock?) Kreuz wurde leider vor etwa 30 Jahren durch Frevler gestohlen. Das Holzgitter wurde durch eine moderne schmiedeeiserne Gittertür ersetzt.

Hl. Florian auf dem Eiskeller

Anläßlich des 100-Jahre Jubiläums der Freiwilligen Feuerwehr AU wurde die Kapelle 1988 beim Wasserbehälter auf dem Eiskeller errichtet. Die Statue des hl. Florian, des Patrons der Feuerwehr, wird durch ein kreuzförmiges Tonnengewölbe, das auf vier Säulen ruht, überdacht. Der hl. Florian soll in Zeiselmauer bei Tulln geboren sein und war in St. Pölten römischer Beamter und Offizier. Während der diocletianischen Christenverfolgung wurde er 304 in der Enns ertränkt. Über seiner Grabstätte erhebt sich heute das Stift St. Florian. Sein Fest wird am 4. Mai begangen.

Waldkapelle

Slatner Kapelle

Guter Hirte im Wald des Leithagebirges

Es handelt sich dabei um die wahrscheinlich schönste bzw. wertvollste Bildsäule auf Auer Gemeindehotter. Sie wurde 1754 errichtet und 1953 durch die Waldgenossenschaft Au renoviert. Auf einem ca. 90 cm hohen Sockel erhebt sich eine 2,15 m hohe Rundsäule mit zwei Puttenköpfen im Kapitell, die die etwa 95 cm hohe Statue des „guten Hirten" trägt: ein dornengekrönter Christus mit Hirtenstab und ein über die Schulter gelegtes Lamm. Auf einem Podest vor der Säulenbasis steht zusätzlich die Gottesmutter und das Jesuskind.

Hl Christophorus bei der Friedhofsallee

1990 wurde der Bildstock, der eine Statue der hl. Rosalia getragen haben soll, auf Initiative des Verschönerungsvereines von der gegenüberliegenden Straßenseite zur Friedhofsallee versetzt und mit einer neuen Statue des hl. Christophorus, das Jesukind tragend, versehen. Der hl. Christophorus lebte in Kleinasien und erlitt um 250 den Märtyrertod. Er gehört zu den 14 Nothelfern. Sein Fest wird am 14. Juli gefeiert.

Hl. Florian

Hl. Antonius

Hl.Christophorus

Heute ist die alte Edelmühle ein empfehlenswertes Restaurant

Das Erholungszentrum um den Badeteich

Willkommen in Au am Leithaberge

Einwohnerzahl: *912 (+184 Zweitwohnsitze)*
Flächenausmaß: *1.671 ha*
Seehöhe: *211 m*

Gemeindeamt Au am Leithaberge
Tel.: 02168/8241, Fax: 02168/8474
e-mail: gdeau@aon.at
www.au-am-leithaberge.at

Au erreicht man mit häufig verkehrenden Linienbussen der Österreichischen Bundesbahnen aus Wien, Eisenstadt, Bruck/L. und Ebreichsdorf. Der Gast bzw. ein Besucher findet in Au neben dem Erholungszentrum um den Badeteich einen Sportplatz, ein Schwimmbad, Tennisplätze, ein Biotop mit Teich, einige Gastronomiebetriebe sowie ausgedehnte Rad- und Wanderwege (einer davon als Waldlehrpfad gestaltet).

Texte: Rudolf Krauscher

Marktgemeinde Hof am Leithaberge

„In grünem, von einer goldenen Leiste gesäumtem Hügel ein goldener Dreiseithof mit geschlossenem Tor, darüber in Gold eine gequaderte rote Zinnenmauer, darunter in blauem gewelltem Schildfuß drei silberne Wellenfäden."

Geschichte und Entwicklung

Funde aus dem Gemeindegebiet von Hof beweisen, dass hier schon jungsteinzeitliche Bauern gelebt haben. Auf der Hutweide hinter dem Thurmhof konnten 1920 Bruchstücke jungsteinzeitlicher Gefäße geborgen werden. Eine kugelförmige Steinkeule aus Marmor sowie eine Scheibenkeule aus Serpentin befinden sich im Museum Mannersdorf. Aus der Bronzezeit stammen eine Keramik der Wieselburger Kultur sowie ein gut erhaltenes Randleistenbeil, aus der Hallstattzeit ein beschädigter Bronzekessel. Im Bereich der Mannersdorfer Straße befindet sich ein keltischer Friedhof, auch wurden noch weitere Gräber mit Beigaben entlang derselben Straße entdeckt. Neben Tonscherben, Ziegelfunden, Münzen und Fibelfragmenten, die von einer römischen Besiedlung des Gebietes zeugen, wurde auch ein bronzener Dodekaeder (geometrischer Hohlkörper aus 12 Fünfecken) aus der Römerzeit entdeckt.

Erstmals urkundlich genannt wird Hof 1208 in einer Schenkungsurkunde des Königs Andreas II. an den Grafen Poth. Die nächste urkundlich gesicherte Nachricht zeigt uns das Gut Hof 1325 in Händen der Familie der Haschendorfer. In der zweiten Hälfte des 14. Jahrhunderts bildete sich Mannersdorf als zentraler Herrschaftsort heraus, woran die Familie der Scharfenecker bedeutenden Anteil hatte.

Bedingt durch die türkischen Vernichtungszüge des Jahres 1529 hatte Hof in der Folge einen hohen Anteil an kroatischen Neustiftern zu verzeichnen. Um 1600 wurde das Dorf Bestandteil der österreichischen Herrschaft Scharfenegg mit deren Zentralort Mannersdorf. Die Lage an der Grenze blieb für den Ort auch weiterhin wirtschaftlich von Bedeutung. Bis etwa ins 18. Jahrhundert wurde Hof immer wieder durch kriegerische Ereignisse in Mitleidenschaft gezogen, wozu seine Lage an der Leithagrenze entscheidend beitrug: 1619 wurden dem Markt durch den Einfall ungarischer Rebellen arge Schäden zugefügt; 1683 wurde Hof von türkischen Streifscharen heimgesucht; zu Beginn des 18. Jahrhunderts plünderten die Kuruzzen den Ort. Anfang 19. Jahrhundert waren in Hof napoleonische Truppen einquartiert, die bei ihrem Abzug einen gewaltigen Schuldenberg hinterließen. Auch die Revolution von 1848 brachte weitreichende Veränderungen für die Gemeinde.

Bis zum Ausbruch des Ersten Weltkrieges war für die Bevölkerung ein deutlicher Aufschwung spürbar. Doch der Krieg kostete auch Hof viele Opfer. Mit der Errichtung der Republik trat eine Polarisierung der dörflichen Gesellschaft ein. Nach der anfänglichen Begeisterung für den Anschluss 1938 trat spätestens mit dem Überfall auf die Sowjetunion eine weitgehende Ernüchterung ein. Zwangsarbeiter und Kriegsgefangene wurden ab 1942/43 den Hofer Bauern zur Feldarbeit zugewiesen, da der Großteil der männlichen Bevölkerung Kriegsdienst leisten musste. Ab 1944 wurde durch die über das Leithagebirge einfliegenden alliierten Verbände regelmäßig Luftalarm ausgelöst und die Bevölkerung in Angst und Schrecken versetzt. Gegen Kriegsende war der Ort mit rückflutenden Wehrmachtseinheiten und Flüchtlingen überfüllt. Während des russischen Einmarsches kam es zu kleineren Gefechten. Neben den bekannten Drangsalierungen durch die Besatzungsmacht herrschte auch Mangel an den notwendigsten Nahrungsmitteln; jedoch stellten die Besitzer der bäuerlichen Betriebe der Bevölkerung kostenlos Getreide zur Verfügung.
Obwohl der Alltag von Schleichhandel und Hamsterverkehr nach Wien geprägt war, begann sich das Leben in Hof 1947 allmählich wieder zu normalisieren. In den 50er-Jahren setzte nach Beseitigung der ärgsten Kriegsschäden eine erhöhte Produktivität sowie eine Anhebung des Lebensstandards ein. Die allgemein spürbare Verbesserung der Lebensumstände dokumentierte sich auch in einem konsequenten kommunalen Aufbauwillen.
Während des Ungarnaufstandes im Spätherbst 1956 fanden auch in Hof zahlreiche vor den sowjetischen Panzern geflüchtete Ungarn vorübergehende Aufnahme.
In den 60er-, 70er- und 80er-Jahren konnte die Infrastruktur der Gemeinde durch die tatkräftige Mithilfe der Bevölkerung weitläufig ausgebaut werden. Im Zuge des Ausbaues der B 15 wurde auch der Hauptplatz neu gestaltet und ein neues Gemeindehaus errichtet. Durch die Neugestaltung der Hauptstraße wurde eine wesentliche Verbesserung des Gesamteindrucks erreicht und damit auch die Lebensqualität im Ort deutlich angehoben.

Kulturbauten und Sehenswürdigkeiten

Pfarrkirche Hl. Michael

Das nördliche Kirchenschiff der gotischen Kirche wurde im 14. Jahrhundert errichtet, das etwas schmälere und kürzere Südschiff und der Westturm stammen aus dem 15. Jahrhundert. In der Barockzeit erfolgten weitere Um- und Zubauten, welche die Westfassade beinahe monumental wirken lassen. Die Figuren der Schutz- und Pestheiligen Rosalia, Rochus und Sebastian, die seinerzeit in einer der hl. Rosalia gewidmeten Kapelle aufgestellt waren, befinden sich heute in den Fensternischen an der Nordseite der Kirche.
Das ehemalige Altarbild der Hofer Pfarrkirche, heute an der Wand des südlichen Kirchenschiffes, zeigt den hl. Michael als geflügelter römischer Ritter in wallendem roten Mantel. Er steht auf einem

gewaltigen, sich krümmenden Drachen, hinter ihm lodern die Flammen der Hölle empor. In jedem der zwei Chöre befindet sich heute ein Altar. Von der älteren Kirchenausstattung erhalten hat sich u.a. die Kanzel mit vergoldeten Ornamenten. Aus dem 19. Jh. stammen die Kreuzwegbilder und einige Figuren in der spätgotischen Nische des Südlichen Chores. 1973 erfolgte der Anbau einer Aufbahrungshalle. 1995 wurde die Kirche nach einer grundlegenden Innen- und Außenrenovierung feierlich eingeweiht; die Restaurierung des Hauptaltares erfolgte im Jahr 2001.

Lichtsäule

Die „Totenleuchte“ befindet sich am ehemaligen Friedhof südöstlich der Kirche. Das schöne spätgotische Denkmal aus grauem Sandstein trägt eine Inschrift mit der Jahreszahl 1433.

Schlossruine „Thurmhof“

Der sogenannte „Thurmhof“ ist das bedeutendste noch erhaltene Profandenkmal in Hof. Die Anlage mit den drei Rundtürmen stammt aus dem 16. Jahrhundert; nördlich der Ruine liegt der auch heute noch erhaltene Alte Teich. Der Westtrakt wurde in den letzten Jahren von den heutigen Besitzern liebevoll restauriert. Das leider nicht sehr gut erhaltene Fresko „Marienkrönung“ lässt sich stilistisch in die Jahre nach 1500 datieren.

Pfarrkirche hl. Michael

Schlossruine „Thurmhof“

Willkommen in Hof am Leithaberge

Einwohner: *1.382 Hauptwohnsitze*
250 Zweitwohnsitze
Fläche: *2.194 ha*
Seehöhe: *212 m*

Gemeindeamt Hof am Leithaberge
Tel.: 02168/62393, Fax: 02168/62393-5
e-mail: gdehofamleithaberge@netway. at

Das Gebiet von Hof am Leithaberge ist durch zwei sehr unterschiedliche Landschaftsteile geprägt: Das Leithagebirge im Osten mit seinen bewaldeten Hängen, im Westen ebenes Land mit guten Böden für die landwirtschaftliche Nutzung. Ein landschaftliches Wahrzeichen, über dem Ort gelegen, ist die sogenannte Hutweide. Sie ist die größte Trockenrasenfläche des Leithagebirges und beherbergt eine Vielzahl seltener Tiere und Pflanzen. Die zweithöchste Erhebung des Leithagebirges ist der Steinerwegberg, der allgemein als „Kaisereiche" bekannt ist. 1888 wurde zum 40-Jahre-Regierungsjubiläum von Kaiser Franz Joseph I. mit der Errichtung einer Aussichtswarte bei der Kaisereiche begonnen; ein Jahr später erfolgte die feierliche Eröffnung. Die alte Aussichtseiche steht heute nicht mehr; sie wurde vermutlich Anfang des 20. Jahrhunderts durch eine neue ersetzt, diese wiederum musste 2002 aus Sicherheitsgründen gefällt und durch eine Neupflanzung ersetzt werden. Nach einer Generalsanierung der Kaiser Franz-Joseph-Warte im Jahr 1982 ist heute einer der schönsten Plätze erhalten geblieben, wo sich viele Erholungssuchende wieder der Schönheiten ihrer nächsten Umgebung bewusst werden. An klaren Tagen bietet sich dem Besucher ein herrlicher Rundblick; die Aussicht kann ungehindert genossen werden, da das Bauwerk den Wald weit überragt.
Ob zu Fuß oder mit dem Fahrrad - gut erschlossene Feldwege führen durch ausgedehnte Wiesen und Wälder in die nähere Umgebung oder laden zu ausgedehnten Ausflügen in den Naturpark „Wüste" und zur Ruine Scharfeneck ein.

Smaragdeidechse *Foto: Helga Schimmer* *Foto: Paldan* *Frühlings-Adonisröschen*

NATURSCHUTZGEBIET HUNDSHEIMER BERG

Südlich der Donau, etwa 50 km von Wien entfernt, liegt der Hundsheimer Berg. Naturfreunden ist das landschaftlich sehr reizvolle Gebiet schon lange ein Begriff.

Seit mehr als 100 Jahren besuchen Botaniker den an seltenen Pflanzen- und Tierarten reichen Berg, um hier vegetationskundliche Studien zu betreiben. In den 50er-Jahren begannen die Arbeiten zur Erfassung der mehr als 1000 Schmetterlingsarten. Höhlenforscher und Paläontologen interessieren sich für die vom Aussterben bedrohten Fledermausarten und die Fossilfunde aus dem Eiszeitalter. Der Hundsheimer Berg wurde 1965 zum Naturschutzgebiet erklärt. Besitzer des 166 Hektar großen Areals

Nickende Distel *Foto: Helga Schimmer*

Diptam *Foto: Helga Schimmer*

Österr. Drachenkopf Foto: Walter Lehner

Foto: Paldan *Wiedehopf*

sind je zur Hälfte der World Wide Fund for Nature (WWF) und die Gemeinde Hundsheim. 1989 nahm der Europarat das Naturschutzgebiet Hundsheimer Berg in das Netzwerk biogenetischer Reservate auf, um den besonderen Wert und die Schutzwürdigkeit des Gebietes zum Ausdruck zu bringen. Seit Jahren steht auf dem Hundsheimer Berg eine Schafherde im Dienste des Naturschutzes und der Biotoppflege. Die Tiere weiden auf den ehemaligen Hutweiden, setzen eine uralte Tradition der Landschaftsgestaltung fort und sichern so den Fortbestand eines einzigartigen Lebensraumes. Ein Lehrpfad führt durch das beliebte Ausflugsgebiet und soll seinen Besuchern sowohl häufige, charakteristische und gefährdete Arten der Landschaft zeigen als auch einen Einblick in die Entwicklung und Ökologie der verschiedenen Vegetationsgesellschaften gewähren.

Bienenfresser Foto: Paldan

Foto: Paldan *Ziesel*

Gemeinde Hundsheim

„In blauem Schild ein über einen grünen Hügel springender silberner Hund mit goldenem Halsband."

Geschichte und Entwicklung

Hundsheim wurde schon 1123 erstmals urkundlich erwähnt, und zwar als „Hundesheim". **Regenhart de Hundesheim** wird als Zeuge genannt. Es ist anzunehmen, dass es hier schon längere Zeit davor eine Ansiedlung gegeben hat. Hundsheim geht auf den Personennamen **Hund** zurück; demnach ist es das Heim eines Mannes mit dem Namen Hund. Das alte Adelsgeschlecht, das den Namen Hundsheim führte, war schon zu Zeiten der ersten Babenbergerherzöge im Lande bekannt und begütert.
Im Ort gab es fünf Wehrtürme, von denen heute noch zwei erhalten sind und unter Denkmalschutz stehen. Es handelt sich um Teile von aus dem 13. Jahrhundert stammenden Befestigungsanlagen. Die Wehrtürme hatten einen hoch gelegenen Einstieg und dienten als Zufluchtsstätte.
Die erste Kirche war die romanische **Annakapelle** aus dem 13. Jahrhundert, deren Überreste heute noch an der Außenwand eines Wohnhauses sichtbar sind. Von dieser Kirche wird zum letzten Mal 1476 schriftlich berichtet. Man nimmt an, dass sie dem Türkeneinfall 1529 zum Opfer gefallen ist.

Eine Beschreibung des Ortes aus dem Jahr 1832 scheint recht aufschlussreich über das Leben der damaligen Bevölkerung zu sein: Demnach lebten rund 900 Einwohner im Ort, die hauptsächlich Wein- und Obstbau betrieben, während der Feldbau eher gering war. Besondere wirtschaftliche Bedeutung kam dem Kalkhandel zu. Dieser blühte bis zum Beginn des Ersten Weltkrieges.
Die beiden Weltkriege forderten auch in Hundsheim ihre Opfer. Die Zeit danach brachte dem Ort allmählich einen Aufschwung. Die Infrastruktur sowie die Lebensverhältnisse der Ortsbewohner verbesserten sich zunehmend.

Der Fleiß und die Schaffenskraft der Bevölkerung von Hundsheim wurden im Jahr 1987 mit der Verleihung eines eigenen Gemeindewappens gewürdigt.

Bei der der Allerheiligsten Dreifaltigkeit geweihten **Pfarrkirche** handelt es sich um einen im Kern mittelalterlichen Saalbau, der Ende des 17. Jahrhunderts barockisiert wurde. Der gotische Chor stammt aus der Zeit um 1300.

Willkommen in Hundsheim

Einwohner: *569 (Volkszählung 1991)*
Fläche: *1.342 ha*
Seehöhe: *233 m*

Der Ort, der einwohnermäßig die kleinste selbständige Gemeinde des Bezirkes Bruck an der Leitha ist, liegt, umsäumt von Weingärten und Feldern, am Fuße des **Hundsheimer Berges**.

Neben historischen Bauwerken und gemütlichen Buschenschenken hat Hundsheim auch mit einer sportlichen Attraktion aufzuwarten.

Das **Flugsportzentrum Spitzerberg** des Österreichischen Aero-Clubs bietet Motor- und Segelfliegern die Möglichkeit zu sportlicher Betätigung. Auch dem Modellflug kann gefrönt werden.

Gemeindeamt Hundsheim
Tel.: 02165/62618, Fax: 02165/62618-4
e-mail: gdehundsheim@aon.at